Les chaussons par la fenêtre

Du même auteur

Annuaire des musiciens internationaux. 1991 et 1992 (épuisé)
Biographie de l'abbé Trentesaux. 1994 (épuisé)

et chez le même éditeur

La nouvelle peste 1995
(Prix Saint-Exupery valeurs jeunesse 1995)

Editions du Triomphe
7 rue Bayen - 75017 PARIS
Tél. 01 40 54 06 91

Si vous souhaitez être tenus régulièrement au courant de nos publications, il vous suffit de nous envoyer vos coordonnées.

Diffusion principalement par correspondance

Dépôt légal mars 1997 - ISBN 2-909811-35-2
Déposé au Ministère de la Justice
(Loi 49-956 du 16 Juillet 1949 sur les publications destinées à la jeunesse)

Elisabeth Bourgois

Les chaussons par la fenêtre

Editions du Triomphe

A Jean-Luc
Jean-Yves
Cécile
Louis-Marie
Vincent
Vianney
Xavier

Notre silence nous rend
trop souvent complice
de ce que nous réprouvons.

1

La jeune femme entra dans le hall de l'hôpital. Elle tenait à la main un petit sac de voyage. Ses cheveux blonds, tirés en arrière en un chignon désordonné, laissaient échapper de longues mèches. Elle était habillée d'un pantalon étroit noir, d'un pull mal ajusté dont les manches dépassaient de la veste aux teintes grisâtres. La peau diaphane de son visage et de larges cernes, rendaient ses yeux étrangement sombres.

Elle hésita un court instant dans cet endroit qu'elle ne connaissait apparemment pas, puis se dirigea d'un pas lent vers le comptoir d'accueil.

La secrétaire leva les yeux. Le contraste avec la jeune femme blonde était saisissant. Habillée d'un tailleur jaune, d'un chemisier fleuri, le maquillage soigné, les lèvres rouges et pulpeuses, elle dévisagea l'inconnue.

– Je viens pour une intervention, dit celle-ci brutalement.

– Vous êtes Madame?

– Mademoiselle Maréchal.

– Prénom ? continua la secrétaire d'un ton monotone.

– Carole – Carole Maréchal.

La secrétaire chercha un instant sur son ordinateur. Le mouvement de sa tête montra qu'elle avait trouvé le lien entre cette inconnue et le pourquoi de sa présence.

– Oui, voilà. Un curetage, c'est cela ?

Carole haussa les épaules.

– On peut dire que c'est ça, répondit-elle évasivement.

– Vous êtes attendue au deuxième étage, service de gynécologie chirurgicale. Vous prenez l'ascenseur sur votre droite, le bureau des infirmières est juste devant. Vous leur donnez ceci, continua-t-elle en tendant à Carole Maréchal un petit dossier.

Carole dit un vague merci, ramassa son sac, et après un bref regard circulaire sur le hall, découvrit l'ascenseur.

Elle s'y engagea comme une automate. Son regard avait une étrange fixité. Arrivée à l'étage, elle vit une aide-soignante, à qui elle donna son dossier.

– Suivez-moi, lui dit celle-ci, je vais vous montrer votre chambre, une infirmière va venir vous voir .

Elle pénétra bientôt dans une petite chambre aux murs nus. Elle posa son sac sur le lit, ne prêtant guère attention à la pièce. C'était une chambre ressemblant à toutes ces chambres d'hôtel dans lesquelles elle passait la plupart de ses nuits depuis cinq ans maintenant.

Elle s'approcha de la fenêtre. La campagne étalait son long manteau de terre noire jusqu'à l'horizon d'où s'échappait un ciel gris. Quelques arbres dénudés, piqués dans le paysage comme de curieux poteaux, donnaient un vague relief à l'immense étendue.

Carole appuya son front sur la vitre, les deux mains autour du visage. Cette terre de Flandre lui ressemblait. Elle était noire, triste et froide. Elle aurait voulu s'y engloutir, y disparaître, et y rejoindre ainsi celui qu'elle gardait enfouie en elle, depuis tellement longtemps.

Une fois de plus le visage de Stanislas se dessina devant ses yeux fatigués. Il était là, avec elle. Mais il était si froid maintenant. Elle voyait encore ses longues mains fines, danser sur le clavier d'un piano ou glisser sur sa peau quand elle s'était offerte à lui. Mais peu à peu la douceur du souvenir s'estompait, la musique s'éloignait, laissant d'immenses vides de solitude et de silence qui la glaçaient de frayeur. Elle recherchait alors fiévreusement toutes sortes d'enregistrements lui permettant de se replonger dans son amour perdu et passait des heures, inconsciente du temps, à s'imbiber de mélodies qui n'étaient plus que souvenirs.

Elle avait découvert Stanislas six ans auparavant, dans un piano-bar du Touquet. Leur amour avait été aussi violent que tendre, aussi rapide que bref. En quelques mois, la mort l'avait emporté dans le sillage d'un sida sournois, contracté plusieurs années plus tôt, pendant son service militaire, en URSS : un soir, anéanti d'épuisement tant physique que moral, il s'était drogué avec une seringue contaminée.

La tornade de cet amour avait ravagé la jeunesse de Carole. A dix-huit ans, la lycéenne était devenue femme, le cœur s'était déchiré et la plénitude du bonheur n'avait laissé qu'un gouffre de terreur.

Il fallait faire le deuil de Stanislas, disaient les psy. Comment faire le deuil, comment oublier le seul être qui l'ait vraiment aimée ? Elle ne pouvait en parler à personne, car personne ne pouvait la comprendre. Stanislas n'avait qu'elle au monde, elle n'avait que lui. Il était parti et elle le ressentait parfois comme une étrange lâcheté de sa part, une lâcheté qu'elle ne pouvait comprendre.

Depuis ce jour où elle avait vu son amour disparaître sous la terre d'un cimetière, elle s'engloutissait dans la musique, passant des heures à travailler son violoncelle. Lui seul était devenu son confident. Elle le caressait, le serrait contre elle. Elle en tirait toutes les finesses, toute la transcendance des sentiments. Elle le faisait chanter, pleurer, soupirer. Inconsciemment, Carole était devenue ainsi une merveilleuse musicienne. Lauréate de nombreux concours, elle était de plus en plus sollicitée pour des concerts. Les succès la laissaient indifférente. Ses collègues musiciens respectaient son silence et sa solitude, même si souvent, au détour d'une tournée un peu longue, il leur arrivait de trouver en Carole, un corps ouvert à leur sollicitation.

Elle allait ainsi de l'un à l'autre, se laissant faire, emportée par le besoin d'assouvir une nécessité de sa chair... Ou espérant parfois combler ce vide du cœur qui la faisait tant souffrir.

A chaque fois elle vivait un réveil de tristesse, de déception, de froideur. Elle regardait à peine le corps de cet ami d'un soir, de ce musicien avec qui elle travaillait... Elle avait presque l'impression, parfois, que ce n'était que la suite d'un concerto. Et elle se retrouvait dans le silence, comme celui des coulisses, quand le public, apaisé par ses applaudissements, laisse le musicien seul dans les méandres sinistres des revers d'un décor.

Carole ne fit pas attention au bruit de la porte de la chambre ouverte par l'infirmière. Elle se retourna brutalement en sentant une présence derrière elle.

Elle regarda l'infirmière et dit un vague bonjour.

Celle-ci remua ses papiers en contrôlant l'ensemble du dossier.

– C'est pour une IVG, n'est-ce pas ? Vous êtes enceinte de combien ? dit celle-ci brutalement.

Petite, brune, le visage ingrat et sans âge, elle dévisageait Carole comme si c'était une machine dont il fallait découvrir le fonctionnement.

– Environ deux mois, d'après ce qu'a dit le médecin, répondit Carole.

– Et vous ne voulez pas le garder ?

Carole haussa les épaules.

– C'est impossible.

– Vous êtes musicienne, reprit l'infirmière, en regardant la fiche de Carole. Vous voyagez beaucoup ?

– Je voyage beaucoup, je travaille beaucoup, et je ne peux garder cette grossesse.

Carole commençait à s'énerver des questions de l'infirmière. Elle avait décidé de se faire avorter, c'était normal, elle ne savait même pas qui était le père et elle s'en moquait. Son corps ne l'intéressait pas. Elle voulait éliminer un problème, c'est tout.

La jeune infirmière était mal à l'aise et cachait son embarras par un ton rude et sec. Avait-elle besoin de poser des questions à cette femme qui avait certainement eu l'entretien pré-IVG ? C'était son affaire. Elle ne semblait pas commode, et surtout inaccessible à un quelconque échange.

– Excusez-moi, dit-elle encore. Mais j'ai besoin de connaître le nom de quelqu'un que l'on puisse joindre en cas de nécessité. Ce n'est qu'administratif, rassurez-vous !

– Je n'ai pas peur, cela m'est égal, dit Carole pensant intérieurement que, s'il lui arrivait de ne pas se réveiller de l'opération, elle en serait tellement heureuse ! Elle rejoindrait ainsi son Stanislas.

– Je n'ai ni mari, ni ami, ni concubin... je ne sais pas qui est le père de ce gosse, continua-t-elle souhaitant choquer l'infirmière qui l'énervait. Je peux vous donner l'adresse de ma mère ou de mon père, mais comme je ne les vois jamais, je doute qu'ils s'intéressent encore à moi.

L'infirmière voulut quand même inscrire un nom.

– Ah ! si, tiens je vais vous en donner un. En plus, lui, est médecin: Pierre Valembois, je dois avoir son téléphone quelque part.

Elle fouilla son sac.

– Le Docteur Valembois ? répéta l'infirmière. Celui qui travaille ici ?

– Je n'en sais rien, il fait une spécialité chirurgicale.

– Il est grand, sportif, je crois même qu'il fait du parachutisme.

– Oui, cela doit être lui. Il est ici ?

Une petite lueur s'alluma dans les yeux sombres.

– Vous désirez le voir ?

– Oh ! oui, dit spontanément Carole.

Mais elle se reprit soudain.

– Non, il ne faut pas, il ne comprendrait pas.

La lueur s'éteignit.

– Je marque son nom ou pas ? reprit l'infirmière qui s'impatientait.

– Oh, je m'en fiche, faites comme vous voulez.

Carole se détourna, mit les mains dans les poches, enfonçant la tête dans les épaules, sembla se refermer sur elle-même.

L'infirmière soupira, puis s'activa, en expliquant différentes choses à Carole, lui prenant sa tension, ses pulsations. Elle lui tendit une chemise de coton blanche, ouverte dans le dos.

– Vous mettez cela et retirez tous vos vêtements. Vous n'avez pas d'appareil dentaire ? de lentilles de contact ? Vous retirez aussi vos bijoux. L'anesthésiste va passer vous voir dans quelques instants et vous serez opérée d'ici la fin de matinée. Vous êtes bien à jeun ?

Carole ne disait rien et hocha la tête. Elle regarda l'infirmière d'un air indifférent et soupira intérieurement de tristesse. Ce n'était pas de ce côté-là qu'elle pouvait espérer avoir une oreille attentive et un cœur aimant ! Mais qu'importe, dans vingt-quatre heures elle serait partie, le problème de cette grossesse malvenue serait résolu et elle continuerait seule son chemin sur les routes du monde, avec son cher violoncelle.

L'anesthésiste arriva peu après. Il regarda les examens biologiques de Carole, l'ausculta, lui demanda si elle fumait, si elle avait des allergies et voulut connaître ses antécédents médicaux et chirurgicaux. Carole ressentit un curieux malaise. Tout ici la mettait dans une atmosphère de maladie, mais elle ne se sentait pas du tout malade ! Enfin, pour une fois «on» s'intéressait à elle, bien que ce «on», ne soit personne en particulier personne qui s'intéressât à elle, Carole, mais seulement à cette grossesse à interrompre.

Le médecin partit aussi vite qu'il était entré.

Carole prit un roman, mais les lignes du livre dansaient devant ses yeux fatigués. Elle était couchée, vêtue de la chemise blanche, anonyme dans cette chambre nue. La solitude l'étreignit, une fois de plus.

Elle se mit à penser à sa mère, qu'elle n'avait pas vue depuis bien longtemps.

Madame Maréchal était le type même de la femme hyperactive, mondaine et sophistiquée. A quarante-cinq ans, elle était toujours blonde et mince. La préoccupation essentielle qui guidait toutes ses activités, était la mise en valeur de son «moi». Ravie de son mariage avec un homme à la belle situation, elle avait attendu Carole assez rapidement. La fierté d'exhiber un beau bébé ne tenait le choc ni des mauvaises nuits, qui lui donnaient un «teint épouvantable» le lendemain, ni des contraintes des biberons, qui gênaient ses bridges. Elle avait de plus, constaté avec épouvante deux ou trois petites stries de vergetures sur son ventre qu'elle souhaitait lisse et plat !

Le mari avait été très vite épuisé par les exigences de sa femme et son égocentrisme croissant. Ses absences se firent de plus en plus fréquentes jusqu'au jour où Madame Maréchal, soucieuse de maintenir son portefeuille rempli, demanda le divorce.

Elle se consola bien vite de la situation en offrant son lit et son corps à des messieurs d'une «certaine classe».

Carole ne pouvait supporter de voir un homme autre que son père dans le lit de sa mère, et encore moins de trouver un inconnu pas rasé, au pyjama en tire-bouchon, à sa table de petit-déjeuner, lui disant un petit bonjour comme si elle avait trois ans ! A dix-huit ans elle prit son indépendance avec soulagement.

Un brancardier qui entra brusquement dans la chambre, la fit sursauter. Tout de blanc vêtu, il glissait sur ses chaussures recouvertes de pantoufles de tissu vert. Il vérifia le nom de sa malade sur le dossier, déverrouilla les roues du lit et, se mettant à la tête de Carole allongée, il poussa le lit dans le couloir..

Ascenseur, plafonds blancs parsemés de lampes, bruits de portes, de voix, odeurs inconnues... Carole se laissait transportée dans un univers étrange.

On l'installa bientôt sur une table étroite, dure et froide. Elle cligna des yeux sous la lumière du scialytique. L'anesthésiste lui posa un garrot autour du bras. Elle ressentit la morsure de la piqûre. Elle regardait le goutte à goutte de la perfusion. Son esprit était vide, si vide ! Elle ne pensait même pas à ce qu'elle venait faire là, à ce que le chirurgien ferait d'elle et de son corps... elle ne voulait plus penser à rien.

Les gouttes tombaient régulières.

Et Carole sombra dans l'inconscience.

2

Justine Vanbroucs se pencha doucement vers la tête brune enfouie dans l'oreiller. Elle remua le nez dans les boucles et déposa un petit bisou sur la joue de celui qui, apparemment, était encore bien loin de quitter les bras de Morphée.

Un grognement jaillit. Le dormeur sortit une main de dessous la couette pour se frotter la joue.

– Guillaume ! Ouh ! Ouh !

– Hein ? Qu'est-ce que c'est ? Qu'est-ce qu'il y a ?

Il se redressa d'un bond, repoussant l'étoffe colorée qui le recouvrait. Une poitrine velue et une magnifique carrure d'athlète apparurent. Guillaume Mantel se gratta la tête, regarda d'un œil son réveil, de l'autre, celle qui s'était accroupie près du lit.

– Déjà habillée ?

Il bailla bruyamment.

– Mais il est 6 heures 30 à peine !

– Et je vais même être en retard, je suis de service de 7 à 13 aujourd'hui.

Guillaume replongea sous le chaud duvet.

– Ah ! quel homme ! dit Justine en riant. Elle lui secoua le menton piquant.

– Tu ne m'embrasses pas ?

Il sortit les bras et les yeux fermés, fit un rond avec la bouche dans l'attente d'un petit baiser.

– Eh ! bien, à ce soir, s'exclama Justine en se redressant et en sortant de la chambre sans l'avoir embrassé. Le bisou c'est pour plus tard, quand tu auras l'air moins hagard !

Guillaume baissa les bras, soupira et se retourna en rejetant la couette sur sa tête.

Il avait horreur d'être réveillé trop tôt mais il sentait que, maintenant, c'était fichu. Il n'arriverait pas à retrouver le sommeil.

Les petits trous de la persienne laissaient passer la lueur orangée de la ville encore endormie. De l'autoroute peu éloignée, s'échappaient les ronflements de quelques camions et voitures qui pouvaient, en cette heure matinale, rouler à vitesse normale, précédant la ruée de tous ceux qui dormaient dans cette pseudo-campagne de Villeneuve d'Ascq et travaillaient à Lille, à quelques kilomètres de là.

La petite ville avait poussé en tous sens. Les quartiers ne se ressemblaient guère : facultés, immeubles de différentes couleurs, maisons HLM ou ensemble de riches maisons d'architectes. Le grand centre commercial, les multiples entreprises, le musée d'art moderne ou les petits lacs entrecoupés par l'autoroute, supplantaient les quelques monuments anciens, châteaux ou magnifiques fermes que l'on restaurait pour les offrir en distraction aux habitants qui traînaient leur ennui le dimanche.

Guillaume rugit encore une fois. La porte de l'appartement claqua.

Il alluma la lampe de chevet : c'était une maquette de 2 CV en bois, qu'il avait bricolée en y insérant une douille, une ampoule et un réveil. La lumière sortait des phares et des vitres, et le réveil émettait un drôle de petit «pouet-pouet» qui rappelait vaguement le klaxon de l'antique Citroën.

Il mit la radio en route et essaya de profiter encore de quelques minutes de repos. Une bonne odeur de café lui chatouilla les narines. Justine en avait fait pour lui. Un élan de tendresse le fit sourire d'aise. Il regarda la chambre. Des murs nus et blancs mettaient en valeur quelques reproductions de voitures, motos ou vélos... tout ce qui était à roues. Justine lui avait accordé les murs de la chambre mais ne voulait pas être envahie dans le séjour. Là s'étalaient de multiples photos, leur passion à tous deux. Elle adorait fixer les visages, les yeux, les mains de ceux qu'elle rencontrait, amis, famille ou inconnus ; des vieux ridés, des bébés rieurs ou en larmes, une main tachetée de brun tenant celle, potelée d'un enfant, les longs doigts d'un pianiste ou les mains calleuses d'un paysan. Lui, était attiré par les couleurs, les contrastes de lumières, les jeux du soleil et des nuages. Les murs du séjour disparaissaient sous toutes ces photos qui décoraient aussi la minuscule salle de bains, sans oublier le w.-c où l'on pouvait passer des heures à contempler un kaléidoscope de pieds !

Guillaume bondit soudain hors du lit, rejetant la chaude et légère couette multicolore.

Il ouvrit la fenêtre et les persiennes, respira un grand coup l'air frais et humide dégagé par une brume collante. Sous ses yeux, Villeneuve d'Ascq se réveillait et des lumières floues trouaient la nuit finissante.

Nu, il se tapa la poitrine tel Tarzan et fit quelques grands moulinets avec les bras. Il heurta violemment le chambranle de la fenêtre et poussa un «ah !» furieux. L'exiguïté de la chambre ne permettait pas les circonvolutions de ses grands bras. La fenêtre cognée se referma brutalement, agrippant au passage le rideau. La tringle se décrocha et Guillaume émettant un «merde» retentissant, reçut l'ensemble sur la tête. Il ne s'en inquiéta pas outre mesure. C'était un habitué des catastrophes en tout genre.

Il préféra bientôt la position au sol et fit cinquante pompes pour se remettre de ses émotions.

Une bonne douche froide puis chaude, le café avalé après un grand bol de céréales, il remit le rideau en place, bien conscient que l'état de la chambre ne plairait peut-être pas à sa Justine.

Sur une chaise, s'entassaient pêle-mêle des tas de vêtements destinés à être lavés. Il tira sur un pantalon, le frotta un peu et se dit que cela irait encore aujourd'hui. Il lui faudrait, quand même, faire un peu de lessive ce week-end ! Justine s'en occupait souvent, mais quand elle était de garde, elle n'avait guère le temps, ni l'envie de passer une heure à la laverie du quartier.

Ils se partageaient le travail ménager selon leurs horaires. Ceux de Guillaume étaient très irréguliers. Caméraman, il courait de manifestations en clips, en passant par des petits reportages au gré des commandes de diverses sociétés de la région. Les débuts avaient été très difficiles ; le métier était encombré, il lui avait fallu faire ses preuves. Après des études à la Fac de Valenciennes, il était persuadé qu'il trouverait tout de suite du travail. Ses essais et quelques tournages avaient bien plu aux professeurs, mais pour être engagé et payé, c'était tout autre chose.

C'est ainsi qu'à vingt-six ans, Guillaume Mantel vivotait avec 3 000 F par mois maximum. Mais cela ne le tracassait guère car il comptait très souvent sur le gîte et le couvert de ses parents, comme la majorité des étudiants.

Les parents Mantel n'étaient pourtant pas très heureux de cette orientation de «saltimbanque» de leur fils. Jacques, le père, voulait que son fils fasse Sciences-Po ou l'ENA.

– Tu dois travailler, lui répétait-il sans cesse, tu en es capable.

Et il ne supportait pas de le voir, des heures durant, dans le petit cagibi sombre où il s'amusait à développer des photos. Il avait pour son fils aîné l'ambition de le voir gérer les affaires du pays. Il se disait que tous les hommes qui, depuis des siècles avaient fait l'histoire de la France et du monde, n'étaient pas plus ou moins capables que son Guillaume. Ils en avaient eu la volonté et l'ambition. Tout ce que Jacques savait, il voulait donc le communiquer à Guillaume pour qu'il s'en serve comme fondement d'une science politique passionnante et efficace.

Et voilà que ce bougre d'idiot allait passer sa vie, un œil fermé sur le monde et l'autre derrière un jeu de verres pour montrer aux autres une humanité déformée.

Guillaume avait un frère, Sébastien qui, lui non plus, ne répondait pas aux aspirations paternelles : c'était le commerce qui l'intéressait.

– Ecoute, papa, lui avait-il dit un jour, un bon commercial peut se faire un fric fou, tandis que toi, regarde, tu bosses ou pas, c'est pareil, un salaire médiocre. Et la politique ? Qu'est-ce que tu veux, aucune sécurité d'emploi !

En y réfléchissant, il n'y a pas un syndicaliste qui voudrait être ministre. On peut être éjecté au bout de trois mois sans préavis ! Et les députés ? Regarde-les à la télé sur leurs sièges rouges de l'Assemblée ; ils baillent, ils sont obligés de se taper des séances de nuit à n'en plus finir. Jamais tranquilles, toujours sur le qui-vive à cause des médias. Je préfère être comme Guillaume, de l'autre côté de la barrière.

Jacques bouillonnait, furieux d'être incompris, puis honteux et accablé d'avoir engendré des fils pareils. Il s'enfermait dans son petit bureau, dont les murs étaient tapissés de bouquins et l'on pouvait entendre, aux appels d'air qu'il faisait avec sa pipe, toute la rancœur qui s'échappait !

Depuis un an, Guillaume avait quitté la maison paternelle. Il voulait son indépendance et surtout souhaitait vivre avec Justine, la belle et vive Justine qu'il avait surprise un jour devant sa caméra, la chevelure rousse auréolée de la lumière de l'automne.

Elle reprenait son souffle après un long jogging en contemplant les reflets du soleil transformant la surface du lac du Héron en soierie argentée et scintillante.

Elle s'était redressée en se sentant observée, mi-furieuse, mi-amusée, elle avait accepté les excuses d'un Guillaume, soudain rougissant et intimidé.

Ils avaient rapidement découvert leur passion commune : la photo. Une passion bien pratique qui leur permettait d'être penchés l'un à côté de l'autre sur de multiples prises de vues ou d'organiser de longues sorties à la découverte des beautés parfois enfouies de la région du Nord.

3

Justine gara sa vieille R5 sur l'immense parking qui jouxtait l'hôpital flambant neuf. Elle n'eut aucun problème de place à cette heure matinale.

Elle frissonna en sortant de la voiture. La brume avait enveloppé la grande bâtisse d'où émergeaient, de-ci de-là, des lumières témoignant d'une activité ininterrompue.

Des arbres squelettiques essayaient vainement d'adoucir le paysage de leurs jeunes branches nues.

Justine serra son manteau. Elle en redressa le col et d'un pas rapide entra dans l'établissement.

La douce chaleur lui parut une onde bienfaisante. L'odeur de la peinture fraîche se joignait à celle, inhérente à tout établissement hospitalier, d'un mélange d'antiseptiques de toutes sortes.

Elle enclencha sa carte magnétique et rapidement rejoignit son service.

La salle de garde diffusait une lumière rassurante sur les couloirs encore plongés dans une demi-pénombre.

Elle lança un «bonjour, ça va ?» à l'équipe de nuit pour indiquer son arrivée et, sans attendre de réponse, s'empressa vers le vestiaire où elle quitta ses vêtements de ville pour la blouse blanche d'infirmière. Elle vérifia le contenu des poches : stylos, pince et rouleau de sparadrap, se raccrocha les cheveux qu'elle avait toujours beaucoup de difficulté à discipliner et rejoignit la salle de garde.

Justine était infirmière depuis 4 ans. Un métier qu'elle adorait. Elle avait suivi le transfert des services après la reconstruction de l'hôpital et s'était investie avec enthousiasme dans l'installation de ce service de chirurgie gynécologique, à la pointe du progrès médical.

La complémentarité de la technique et de l'humain la comblait. Elle trouvait d'ailleurs que tout autre métier eût été prodigieusement ennuyeux !

L'architecture de l'hôpital lui plaisait aussi. Un maximum de lumière y pénétrait par un jeu savant de verrières. Le hall d'accueil, très vaste, ressemblait à un jardin tropical aux milliers de plantes. Par endroits, un petit jet d'eau distillait son gargouillis rafraîchissant et l'on s'attendait alors à entendre le piaillement des oiseaux !

Aux étages une répartition harmonieuse avait été faite entre les chambres aux couleurs pastel, les locaux techniques bien isolés, les salles de garde au centre de chaque service, les coins repos ou rencontres, et les couloirs où l'on pouvait se promener en contemplant des séries de photos aux thèmes variés.

Justine rapprocha son tabouret de la petite table encombrée de dossiers.

Elles étaient deux à prendre le relais de l'infirmière de nuit. Celle-ci, pâle, le regard fatigué, les cheveux en désordre, poussa un soupir.

– Ouf ! j'ai cru ne pas voir arriver le jour ! Quelle nuit ! Je suis désolée mais je vous laisse la salle de garde dans un triste état ! Pas eu le temps de ranger, ni de préparer les perfusions du jour.

Justine et sa jeune collègue, Isabelle, se regardèrent, en se disant intérieurement que la journée commençait bien mal !

– Bon allez, je vous raconte tout en vitesse et je pars roupiller.

Elle passa en revue les malades du service qui avaient posé problème : hyperthermie chez l'une, menace d'embolie chez l'autre, douleurs et appels incessants, sondages à faire, perfusions à repiquer... Rien de bien grave dans l'ensemble sauf l'hémorragie au 5... L'interne de garde n'avait pas fermé l'œil non plus.

– Il y a des nuits comme cela, je t'assure, des vraies pestes ces malades ! A croire qu'elles se donnent le mot !... Ras le bol ! Moi, je m'en vais. Bon courage les filles !

Elle ramassa un sac de toile d'où s'échappaient revues et paquets de biscuits entamés et partit en traînant les pieds.

Justine regarda avec découragement la salle de garde dont les paillasses débordaient de flacons de perfusions utilisées, de seringues usagées, de pommades diverses, de bouteilles d'antiseptiques, de haricots pleins de coton et d'ampoules vides... Même en étant débordé, se dit-elle, on peut toujours utiliser une poubelle et ranger au fur et à mesure ! Cela va aussi vite que de tout laisser en plan !

Elle remit de l'ordre en vitesse avec les aide-soignantes qui venaient d'arriver, puis repéra les urgences et les malades à voir rapidement. Elle organisa le travail avec Isabelle. Il lui fallait faire son tour de piste complet, une façon de prendre en main son service et d'agir efficacement avant l'arrivée des médecins et chirurgiens, des étudiants en médecine et des stagiaires.

Elle ne vit pas passer les heures : prises de sang, surveillance des courbes et tensions des opérées, pose de perfusions, pansements, médicaments à distribuer, tour avec le patron, suivi des stagiaires, appel du kiné, de la diététicienne...

Courant d'un côté, d'un autre, pestant sur le chirurgien qui enlevait un pansement fait une heure avant, sur l'anesthésiste réclamant des médicaments introuvables, et sur une stagiaire qui ne comprenait vraiment rien.

Enfin, à midi et demie, elle s'assit devant l'ordinateur pour enregistrer toutes les données concernant les malades dont elle avait la charge depuis sept heures. Isabelle lui avait demandé de nombreux conseils, et Justine l'aidait aussi devant l'écran avec lequel elle n'était guère familiarisée. Les jambes lourdes, elle se sentait l'estomac particulièrement vide. Elle se leva de son tabouret et se remplit une grande tasse de café.

Elle détestait cette façon de travailler, car elle avait l'impression de se transformer en machine à dispenser les soins, attentive au seul rendement. Les malades, toutes ces femmes, jeunes pour la plupart, devenaient alors secondaires : pas le temps de parler, d'interroger, de s'intéresser même à autre chose qu'à un organe qui devait fonctionner.

Heureusement, dans le système hospitalier il y a suffisamment de jeunes étudiants en médecine dont le travail essentiel est de poser des questions et de s'intéresser aux autres... en principe ! Une occasion de dialogue que les malades apprécient souvent, mais, comme elles le disent spontanément : «Cela ne vaut pas l'infirmière !». .. ce petit côté maternel dont on a tant besoin quand surgit la souffrance ou l'inquiétude !

Elle consulta la liste des entrées prévues pour l'aprés-midi, les interventions ayant lieu en principe le lendemain matin; hystérectomie : quarante-cinq ans – mammectomie : vingt-huit ans (moche d'enlever un sein à cet âge-là !) – deux IVG : quarante et dix-huit ans – un prolapsus : quatre-vint ans et une fivette : trente ans.

Elle espérait avoir un peu de temps pour connaître certaines d'entre elles avant l'intervention. C'était une partie importante de son travail, mais comme cela ne correspondait à aucun acte technique, ce temps de rencontre était bien souvent escamoté.

Les étudiants en médecine partirent. La timidité et l'air pataud de certains la faisaient sourire. Les plus jeunes, très fiers du stéthoscope autour du cou, savaient à peine s'en servir et on devinait leur angoisse quand ils devaient exposer à l'interne (et même au patron parfois) le résultat de leurs investigations, de leur diagnostic et de la proposition de traitement ! Les plus dégourdis étaient ceux qui s'arrangeaient pour faire des remplacements infirmiers pendant leurs vacances ou la nuit. Ils y apprenaient tous ces petits gestes techniques qui permettent naturellement l'approche et la connaissance du malade.

Justine fit bientôt les transmissions à l'équipe suivante.

Elles étaient ainsi, dans la salle de garde, penchées sur les dossiers, et échangeant les informations, quand Pierre Valembois arriva.

– Mesdemoiselles, bonjour, dit-il gaiement. Comment va ?

Dynamique, gai, compétent, il était très apprécié du personnel soignant avec qui il entretenait facilement des relations amicales, tout en veillant à garder la distance qui convenait entre un médecin et le personnel.

– Toujours bien quand on vous voit, répondit une grande fille maigrichonne, aux cheveux coupés à la garçonne. Vous voulez un café ?

– Volontiers, je n'ai pas encore pris le temps de déjeuner. Il regarda le planning des malades du service.

– On m'a dit qu'il y avait une certaine Carole Maréchal ici.

– Oui, mais elle part tout à l'heure. Une IVG d'hier.

– Ah ! dit laconiquement Pierre, ne voulant pas laisser paraître sa surprise. Elle va bien ?

– Oh ! pas de problème ! s'exclama Justine, une grossesse non voulue, une fille en bonne santé, mais complètement muette et renfermée. C'est très difficile d'échanger quoi que ce soit avec elle, il faut dire aussi que nous n'avons pas eu le temps non plus de beaucoup discuter. Mais vous la connaissez ?

– Je crois, sauf si elle a un homonyme. Vous pouvez me montrer son dossier ?

Tout en buvant son café, Pierre Valembois regarda le dossier de Carole, qui comportait peu de chose. Il repéra seulement qu'elle était musicienne, domiciliée à Lille et fut particulièrement touché quand il vit son nom inscrit dans la rubrique des personnes à prévenir en cas de nécessité.

– C'est bien celle que je connais, une musicienne remarquable.

– Ben alors, elle doit exprimer par la musique ce qu'elle ne dit pas par la parole ! dit en riant une autre infirmière.

– Je vais la voir, dit Pierre sans relever la remarque piquante.

– Je vous accompagne ? demanda Justine.

– Non, merci, il est préférable que j'y aille seul.

Justine poussa un ouf de soulagement à l'idée de déposer bientôt sa blouse et d'aller déjeuner. Elle se leva, ressentant toute la fatigue de la matinée

Pierre frappa à la porte de la chambre et sans attendre de réponse, y pénétra.

Carole était allongée sur le lit, le regard vers la fenêtre. Elle se retourna brutalement, et dévisagea un court instant Pierre, sans le reconnaître.

– Salut Carole ! Quel bonheur de te voir ! dit celui-ci en s'approchant.

– Pierre ! s'exclama Carole en se dressant soudainement, je ne m'attendais pas à te voir !

– Et, pourtant tu as mis mon nom sur ton dossier.

– C'est vrai, je l'avais oublié.

– Comment vas-tu ? dit Pierre après l'avoir embrassée avec chaleur. Cela fait tellement longtemps que Magali et moi souhaitions te voir ! Mais la seule façon d'avoir de tes nouvelles était de suivre l'actualité artistique, tes concours, tes concerts. Quelle merveille ! Bravo !

– Merci, répondit Carole doucement, sans sourire.

Pierre la regarda avec tendresse. Il s'était assis sur le lit et Carole s'était repoussée pour lui laisser un peu de place.

– Comment vas-tu, vraiment ? lui demanda-t-il en lui prenant la main. Es-tu heureuse ? Qu'est-ce que tu deviens, en dehors de ta vie d'artiste ?

– Oh ! je ne deviens rien du tout. Je vais d'un endroit à un autre, je joue, je travaille, c'est tout. En fait je vis toute seule au milieu de beaucoup de monde, et cette grossesse n'est qu'un incident sans importance.

Carole regardait Pierre intensément. Pour la première fois depuis longtemps, elle eut envie de pleurer. La présence de cet ancien ami, déchirait un voile et faisait apparaître tout le bonheur qui l'avait quittée.

Elle se pinça les lèvres, plia les genoux sous les draps, et y appuya la tête. Pierre ne dit rien. Il lui caressa les cheveux, et sentit sous sa main, de petits soubresauts qui s'étendirent peu à peu à tout le corps de la jeune femme.

Un long sanglot se fit entendre dans le silence de la chambre.

Les minutes passaient, peu à peu le corps de Carole glissa contre la poitrine de Pierre qui se laissa faire. Des larmes mouillèrent le drap.

Longtemps, très longtemps après, Carole se redressa doucement. Son visage était rouge, ses yeux noyés de brume.

– Excuse-moi Pierre. Je... je crois que je n'avais pas pleuré depuis... depuis sa mort.

– Tu penses toujours à lui, après tant d'années ?

– Je ne fais que cela ! Je sais que c'est idiot. C'est comme ça : Stanislas est là, en permanence avec moi, dans ma musique, partout, mais il ne me parle pas, il ne répond jamais à mes appels, il me laisse seule, tellement seule. J'ai voulu fuir son image, et je la recherche partout, j'ai voulu fuir sa musique et elle m'obsède à toute heure. Oh ! Pierre, est-ce que c'est cela l'Amour ?

Pierre ne savait que répondre. L'Amour pour lui était une telle joie, un tel épanouissement, qu'il ne le concevait qu'en un feu d'artifice quotidien. Il avait épousé Magali, un an plus tôt, Magali, la grande amie de classe de Carole. Elles avaient été tellement unies toutes les deux pendant les années de lycée, qu'il était étonnant de constater la différence de leur vie d'aujourd'hui.

– L'amour revêt sans doute des formes aussi diverses que les êtres qui le partagent. Tu as vécu quelque chose d'extraordinaire avec Stanislas, quelque chose que tu souhaitais et que tu souhaites encore voir se prolonger indéfiniment. Mais la réalité de la vie est tout autre, Carole. Tu souffres parce que tu ne peux plus connaître l'amour qui est échange. Pourtant de là-haut, Stanislas te protège et t'aime... à sa façon. Crois-tu qu'il soit heureux de te voir vivre ainsi à cause de lui ? Il avait tant voulu te respecter, te protéger.

– Je ne sais pas où il est, il est partout en moi, mais je ne le sens plus.

Carole respira profondément.

– Excuse-moi de t'ennuyer avec mes histoires, dit-elle, en se mouchant. Tu es heureux, toi avec Magali. C'est formidable que vous soyez mariés maintenant. Je n'ai pas pu venir à votre mariage, j'étais en tournée. C'est comme ça !

Carole ne voulait pas dire à Pierre qu'elle avait fait exprès d'être au loin au moment de leur mariage. C'était pour elle comme une gifle à sa douleur.

Elle reprit :

– Comment va Magali ? Elle est toujours en Droit ?

– Cela se termine, elle sera bientôt avocat, mais je crois qu'il y aura un petit temps de repos dans ses études.

– Ah, pourquoi ?

– Nous attendons un bébé, elle est enceinte de sept mois.

Carole regarda tristement Pierre.

– Vous en êtes heureux n'est-ce pas ?

– Oui. Je... je ne voulais pas te blesser en te l'annonçant. Ce n'était pas franchement le jour, après ce que tu as subi.

– Oh ! ne t'inquiète pas pour moi ! C'est ma vie, une vie de bohème et d'errance, faite à ma mesure... Je n'ai personne avec moi, personne pour m'aimer, personne pour attendre de moi quoi que ce soit.

– Mais cet enfant, que tu attendais, il avait un père quand même ? demanda Pierre.

– Peut-être, dit Carole en riant curieusement, mais je ne sais pas lequel !

– Carole ! Pierre secoua les mains de son amie, tu te laisses couler ma vieille ! Tu n'en as pas le droit !

– Pourquoi ? Je suis libre de faire ce que je veux ! Qui s'en soucie ?

Pierre se sentait de plus en plus désemparé devant l'attitude de Carole. Il était aussi honteux de l'avoir oubliée ces derniers temps. Non seulement lui et Magali s'étaient enfouis dans leur bonheur de vivre à deux et dans la préparation du mariage, mais ils croyaient sincèrement que tout allait bien pour Carole, se disant un peu bêtement, comme tout le monde, que «pas de nouvelles, bonnes nouvelles» ! C'était une attitude rassurante. Mais les succès de Carole aux concours, l'admiration officielle des mélomanes pour sa musique, n'avaient été qu'un leurre. Elle cachait ainsi une détresse épouvantable, qui lui fit peur soudain. Elle s'était fait avorter avec la même insouciance que si elle avait dû se faire arracher une dent ! Sans réaliser du tout l'importance de l'acte. Elle était en train de se noyer. C'était une grande chance qu'il ait pu ainsi la retrouver.

– Qu'est-ce que tu vas faire en sortant d'ici tout à l'heure ?

– Je ne sais pas, je vais rester un jour ou deux dans le petit studio que j'ai gardé à Lille pour me reposer et puis je repars sur Paris.

– Tes parents, où sont-ils ?

– Aucune idée ! Je crois qu'ils ne se soucient de leur fille que pour avoir des places de concert gratuites !

– C'est méchant ce que tu dis !

– Non, c'est réaliste ! Maman se moque complètement de ce que je deviens et papa est sur une autre planète avec son boulot ! Tu sais, ils ne vivent plus ensemble depuis très longtemps. Ils ont trouvé un chemin confortable pour leur petite personne, et c'est tout ! Moi, là dedans, j'ennuie plutôt !

– Est-ce que je peux te faire une proposition qui ferait grandement plaisir à Magali ? Peux-tu rester chez nous quelques jours ? Le temps de te retaper... et puis vous en profiteriez pour papoter ?

L'idée sembla si soudaine à Carole qu'elle resta un moment sans voix.

– Ce serait merveilleux, dit-elle enfin, les larmes aux yeux ; tu es sûr que je ne vous gênerai pas ?

– Promets-moi seulement de ne pas faire de violoncelle à 3 heures du matin, de dormir, de rire et de te refaire une beauté... Et je serai le plus heureux des hommes !

Carole sourit et se précipita dans les bras de Pierre... au moment où une jeune stagiaire entrait dans la chambre avec le dossier de sortie.

– Oh ! pardon ! fit-elle rougissante.

Carole et Pierre éclatèrent de rire.

– Ben dis donc, voilà ma réputation à l'eau ! Bon, je vais organiser ton départ. J'appelle Magali, elle vient te chercher et on se retrouve ce soir pour un petit repas tranquille. Cela te va ? En attendant je vais aussi consulter tous les résultats des examens que l'on t'a faits ici. Tu te sens bien ?

Carole secoua la tête.

– Encore l'impression de ne pas réussir à émerger, mais sinon, ça va.

Un peu de rose éclairait son visage aux traits tirés. Elle sentit une onde bienfaisante pénétrer en elle. C'était bon de retrouver la chaleur de l'amitié. Il y avait si longtemps qu'elle avait froid !

Pierre sortit de la chambre. Il était triste, si triste. Il avait abandonné son ami, Stanislas, malgré sa promesse, laissant Carole sombrer dans la solitude et le désespoir. Il s'était laissé submerger par son propre bonheur, par le tourbillon de la vie quotidienne. Par sa faute, il y avait même eu cet avortement et il s'en sentait curieusement coupable... car il était totalement opposé à cet acte.

Cela faisait plusieurs mois qu'il travaillait dans ce service. La chirurgie gynécologique le passionnait, mais il vivait difficilement le mélange des genres nouvellement imposé dans les services hospitaliers. Les IVG, obligatoires dans un service public, n'étaient plus mises à part, pour éviter le risque de traumatisme psychologique de la femme. D'un côté il s'agissait donc de supprimer un enfant en général bien portant, chez une femme en bonne santé et de l'autre, dans le même service, venir au secours de jeunes femmes atteintes de maladies parfois incurables ou n'hésitant pas à avoir recours à toutes techniques sophistiquées pour attendre un enfant.

Il constatait, par ailleurs, chez nombre de ses confrères, le désintérêt complet pour ces gestes d'IVG, et chacun s'efforçait d'échapper à la corvée ! Lui, dès son arrivée dans le service, avait signifié à son Patron que les avortements étant incompatibles avec le serment d'Hippocrate ; il soignerait les femmes par obligation professionnelle, mais ne pratiquerait jamais l'acte en lui-même. Une attitude qui ne le satisfaisait pas, mais il ne voyait pas comment continuer à travailler dans ce service autrement.

4

Magali ne s'attendait pas à être aussi impressionnée à l'idée de revoir Carole.

Elle se reposait en bouquinant quand Pierre lui avait téléphoné. Elle se sentait en pleine forme. Les transformations de son corps l'émerveillaient et la surprenaient. Tout en elle préparait la venue de cet enfant : sa poitrine devenait plus lourde, son ventre arrondi tendait ses vêtements comme un ballon, son visage aussi s'était légèrement creusé, et elle ressentait le poids de l'enfant peser sur le bassin et les jambes lorsqu'elle restait trop longtemps debout. Mais la nuit, tout était merveille, quand, les yeux ouverts dans la pénombre, elle ressentait les mouvements doux du bébé soulever la peau de son ventre. Elle réveillait parfois Pierre, pour que celui-ci puisse contempler cette étrange gymnastique. Mais évidemment, avec humour sans doute, le coquin s'arrêtait de bouger et Pierre grommelait en essayant de retrouver le sommeil, laissant Magali souriante sous les coups de pieds qui reprenaient !

Elle quitta son fauteuil, un peu perdue devant la venue soudaine de celle avec qui elle avait tant partagé. Elle se frotta le bas du dos, douloureux et enfila ses chaussures, tout en réfléchissant.

Cela faisait si longtemps qu'elle voulait revoir Carole, mais n'était-ce pas maladroit en ce moment, alors qu'elle venait de se faire avorter, et qu'elle Magali, portait son ventre en avant comme une victoire de la vie et du bonheur ? Quelle allait être sa réaction ? Pierre avait agi certainement avec tout son cœur, très spontanément, mais sans peut-être se rendre compte de l'état psychologique d'une femme qui vient de subir un avortement, devant celle qui attend un bébé. Et Magali était très choquée de ce qu'avait fait Carole. Elle non plus, comme Pierre, ne pouvait comprendre que l'on puisse ainsi supprimer un enfant.

Cependant ce que Pierre lui avait dit rapidement la paniquait : «Carole coule, elle est en plein désarroi, il faut absolument l'aider, toi seule peux le faire... même dans ton état... et même si nous n'approuvons pas du tout ce qu'elle a fait.»

A Dieu vat ! se dit Magali, on verra bien.

Magali gara sa petite voiture après bien des difficultés sur un parking encombré. C'était l'heure des sorties, pour les malades qui rentraient chez eux, et des visites. Elle grimaça devant un goujat qui lui brûlait la politesse en lui prenant la place qu'elle avait aperçue et enfin réussit à se glisser dans un étroit espace, n'ayant pas réalisé que son embonpoint lui interdirait de s'extraire de l'engin. Elle dut partir de nouveau, et pestant de plus en plus, s'éloigner de l'entrée de l'hôpital.

Un peu essoufflée, elle pénétra dans le grand hall, cherchant des yeux Carole qui devait l'attendre depuis un moment.

Pourvu qu'elle ne soit pas partie ! se dit-elle angoissée.

Magali tourna un moment entre les rangées de sièges où des gens attendaient, sacs entre les jambes comme dans un hall d'aéroport, en pyjama ou robes de chambre pour d'autres, feuilletant des magazines, rarement lus. Enfin elle l'aperçut.

Carole ne regardait personne. Assise sur un bord de chaise, elle était très pâle, ses vêtements sombres accentuant encore les cernes de ses yeux. Ses cheveux tombaient raides et mal coiffés. Elle serrait son sac contre elle, comme pour se réchauffer. Magali la regarda un court instant. Elle fut prise de pitié et réfréna un grand élan de tendresse qui la faisait presque courir vers elle.

Elle s'approcha par derrière et lui toucha doucement l'épaule.

– Carole !

Celle-ci se retourna brusquement. Son visage de cire s'illumina en un éclair.

– Magali ! Oh Magali ! Elle se leva et contourna sa chaise, se précipita dans les bras de la seule amie qu'elle ait jamais eue.

– Magali, c'est toi... c'est toi !

Elles s'embrassèrent, et restèrent un instant dans les bras l'une de l'autre, se serrant très fort.

– Carole, ce que je suis contente de te voir ! Viens vite, on va à l'appartement, ici on se fait un peu remarquer !

Les gens, qui s'ennuyaient dans ce hall immense, prenaient en effet plaisir à regarder ces deux filles apparemment du même âge mais si différentes: l'une pâle, toute de noir vêtue, maigre et fatiguée, l'autre rayonnante de couleur, au ventre rond.

Elles se lancèrent un petit clin d'œil, retrouvant en un instant la complicité de leurs années de lycée. Elles rirent en même temps et se prenant par la taille s'éloignèrent rapidement du hall.

Magali regardait Carole, Carole regardait Magali. Elles ne savaient par où commencer pour venir à bout de ce trop long silence qui les avait éloignées l'une de l'autre si longtemps.

Magali ouvrit la portière avant droite et Carole s'installa. Elle vit Magali contourner la voiture et remarqua sa grossesse. Celle-ci entra dans la voiture et mit le contact.

– Tu es belle Magali, c'est beau une femme enceinte.

Magali regardait son amie, très gênée.

– Merci.

Elle ne savait quoi dire d'autre.

Carole se rendit compte de son malaise.

– Tu sais, tu ne dois pas être gênée par ce que je viens de faire. Ton bébé c'est le résultat de ton amour avec Pierre, moi je n'aime personne. Ce n'était pas un bébé, pour moi, ce n'était qu'un arrêt des règles dû à une grossesse, et il fallait remettre le circuit en route, c'est tout. Tu sais je suis toute seule, personne ne m'aime, et je ne sais même pas qui était le père ! Lui non plus ne s'en doute pas ! Alors tu vois, on n'en parle plus, c'est très bien comme cela !

La façon abrupte avec laquelle Carole parlait, sa conception de l'avortement, sa désinvolture devant cet acte grave, étaient loin de rasséréner Magali ! Elle essaya de n'en rien laisser paraître.

– Ce que tu as choisi de faire, est fait. Je n'ai pas à juger, tu sais.

– Oh ! je sais que toi, tu ne me jugeras pas, mais je souhaite surtout que tu continues à m'aimer un peu, même si j'ai une vie qui peut te sembler tellement éloignée de la norme.

– Qu'est-ce que la norme ? demanda Magali. Si on veut, personne n'est normal puisque nous sommes tous différents les uns des autres !

– Je te retrouve ! Tu fais de la philosophie ! s'exclama Carole, qui voulait changer de conversation. Alors, c'est pour quand ton bébé ?

– Dans deux mois maximum. Comme toutes les mères j'espère qu'il arrivera un peu plus tôt. Ce que c'est long neuf mois !

– Tu continues tes études de Droit, ou tu as arrêté ?

– Je continue, bien sûr, c'est passionnant. Tu sais une grossesse n'empêche pas de travailler de la tête. Je ne dis pas que ce sera facile quand le bébé sera là, mais on verra bien ! C'est tout de même important que je termine mes études pour avoir un travail, c'est une sécurité.

– Bof, avec Pierre médecin, tu ne risques pas de pointer au chômage !

– Sans doute, mais j'aime ce que je fais, et c'est un enrichissement dans une famille quand la femme peut s'ouvrir à des connaissances autres que ménagères !

Elles arrivèrent bientôt devant l'appartement que Pierre et Magali louaient sur le grand boulevard menant de Lille à Roubaix-Tourcoing.

Carole s'était tue, songeuse. Elle et Magali avaient vécu toute leur jeunesse dans les mêmes classes; de familles très différentes, elles avaient quand même partagé tous les chagrins, toutes les joies de deux gamines, puis de deux adolescentes jusqu'à ces journées d'horreur où le drame du sida avait balayé en un instant toute la fraîcheur de leur jeunesse.

Plus rien n'avait été semblable. Elles avaient pris des chemins différents comme si ce sida avait créé entre elle une barrière infranchissable. Curieusement aujourd'hui, c'était un bébé qui les réunissait : celui que Carole avait rejeté.

Elles pénétrèrent bientôt dans le petit appartement. Carole fut soudainement intimidée.

– Entre, ce n'est pas grand, mais nous avons tout de même une chambre d'ami qui sert de bureau à Pierre et où tu pourras te reposer en toute tranquillité.

C'était un appartement dans un immeuble ancien. Les plafonds étaient hauts. L'ensemble était assez vieillot, les tapisseries avaient besoin d'être changées, mais le manque de temps de Pierre et la grossesse de Magali ne leur en avaient pas encore donné l'occasion. Ils avaient essayé d'égayer l'ensemble par de nombreux posters, plantes vertes et objets modernes qu'ils avaient eus en quantité lors de leur mariage. Magali défit son manteau. Carole l'aperçut dans toute la plénitude de sa grossesse. Elle ne disait rien.

– Viens dans la cuisine, je suis certaine que tu dois avoir soif ou faim. Non ?

– Pas tellement, merci, répondit Carole. Mais je t'avoue que je suis vraiment fatiguée. J'ai eu beaucoup de concerts ces derniers temps, dit-elle comme pour s'excuser et reporter cette fatigue sur une cause professionnelle, rejetant de sa mémoire les deux jours d'hospitalisation.

– C'est vrai que tu as l'air d'avoir une vie de folle, quand on voit tous les concerts et les concours que tu fais. Raconte-moi un peu, ce doit être passionnant.

– Passionnant, non, expliqua Carole. Le métier de musicien est un métier comme un autre, simplement un peu plus difficile dans la mesure où il faut bouger, bouger énormément, et travailler, travailler beaucoup. Des heures de répétitions où on est souvent seul, même au milieu de dizaines de musiciens.

Mais Carole aimait cette solitude. Cela lui permettait de s'évader de ce monde qui n'était plus le sien, de retrouver celui qui était parti. Elle était bien alors, et pouvait rester ainsi des heures et des heures. Elle était avec lui, avec Stanislas. Peu importait le reste. Elle se laissait mener par lui, par sa musique, par son visage.

Carole continuait à parler. Ses yeux n'accrochaient plus rien. Sa voix était monocorde. Elle remuait le café qu'elle avait accepté de prendre, sans même y avoir mis de sucre.

Magali la dévisageait avec douleur.

Où était son amie ? Qui était cette femme triste, déboussolée ?

Les paroles de Carole diminuèrent et se firent murmure. Elle continua un instant à parler, ne prêtant pas attention à Magali qui ne put saisir le sens de ses mots.

Carole se tut enfin, le corps s'affaissant sur elle-même, recroquevillée sur ses souvenirs.

Magali comprit pourquoi Pierre avait comparé Carole à une noyée. Elle était engloutie dans son passé, sans aucune aspérité dans la vie quotidienne pour se raccrocher et remonter la pente. Aucun ami, une vie de nomade, aucune vraie famille... une mer de solitude sur laquelle voguait le bateau souvenir de son amour mort.

Magali sentit son estomac se crisper devant tant de détresse. Un petit mouvement se fit en elle, comme pour lui rappeler la valeur de la vie.

Par réflexe, elle se posa la main sur le ventre, discrètement. Mais Carole ne la voyait pas, elle n'existait plus ici, dans cet instant.

Magali toussota. Elle lui fit ainsi lever la tête.

Carole la regarda avec un pâle sourire.

– Excuse-moi, lui dit Magali, je ne voulais pas te faire de la peine en te forçant à parler. Je m'intéressais simplement à ton travail, à ta vie de tous les jours... et je voudrais t'aider... tu me sembles si malheureuse ! Et je m'en veux de ne pas t'avoir revue depuis tous ces mois.

– Tu n'as pas à t'en vouloir de quoi que ce soit, je n'ai pas voulu, moi non plus te voir, tu sais ! Ton amour avec Pierre, ton mariage, tout cela était trop douloureux pour moi. J'ai voulu m'éloigner pour oublier, mais plus je m'éloignais de toi, de Pierre, et plus le souvenir de notre vie d'avant m'envahissait. Stanislas est toujours là, et quand je te vois aujourd'hui, j'ai même l'impression qu'il va arriver, et que l'on va partir au Touquet, comme avant. Que l'on se promènera sur la plage, le soir, que je l'écouterai dans la crêperie, et qu'il n'y aura plus que nous deux sur la terre... Et puis je revois son visage que je ne pouvais même plus reconnaître, ses mains amaigries, son crâne sans cheveux, sa voix que l'on ne comprenait plus... Je revois son regard de souffrance, son cri d'amour auquel nous n'avons pas pu répondre... Tu vois Magali, si l'on pouvait savoir, quand on est jeune, comme ce sida peut briser, non seulement la vie de celui qui en souffre, mais aussi celle de tous ceux qui l'aiment, je crois qu'on réagirait autrement, quant à sa prévention.

– Est-ce que tu en parles quelquefois autour de toi ?

– Non, pour quoi faire ! Personne ne le sait de toutes façons, sauf toi, Pierre et quelques autres. Quant à dire aux gens : attention, hein ! Couche pas avec un inconnu, tu risques le sida ! Tu parles ! On en entend toujours parler et le jour où on est vraiment amoureux... –ou alors comme ça, par besoin– on couche avec qui on veut !

– C'est... c'est ce que tu fais maintenant, n'est-ce pas ? demanda Magali, un peu gênée.

Carole haussa les épaules et ricana.

– Ben, oui. Mais bof, c'est l'un, l'autre... Je vis comme ça, sans attache, pour apaiser les besoins d'un moment.

– Jusqu'au jour où tu te retrouves enceinte ! ou bien c'est toi qui attrapes le sida !

– Tu sais, je m'en fous complètement. On met toujours un préservatif, par précaution, cela rassure les peureux.

Elle rit.

– Et puis pof, c'est vrai que je me suis retrouvée enceinte. Marrant non ! Peut-être qu'avec le gosse on m'a fait cadeau du sida en prime !

Magali était ahurie du cynisme et de l'insouciance de Carole; elle ne la reconnaissait pas !

– Mais enfin Carole, tu ne vas pas continuer comme ça, tu es en train de tout gâcher !

– Gâcher quoi ? pour qui ? Tu es gentille Magali, mais toi tu réagis avec les paroles d'une femme heureuse et comblée. Tu n'as pas de problème, tu n'en as jamais eu ! A 18 ans tu étais amoureuse de Pierre, tu l'épouses trois ans plus tard, tu attends un bébé, il a un beau métier. Vous avez tous les deux, si je me souviens bien, des parents super, qui vous adorent... qu'est-ce que tu veux de plus ? Comment pourrais-tu me comprendre ? Quels conseils peux-tu me donner ? Je ne vois pas mes parents, je ne crois en rien ! Ah ! ce frère Paul qui avait réussi à donner le sourire à Stanislas peu avant sa mort, je ne sais même pas s'il réussirait à me redonner goût à la vie !

– Carole, tu ne vois en toi que ce qui va mal. Tu ne te rends même pas compte de ta valeur. Regarde ta musique. Tu subjugues les foules. Tu emportes tous les concours. Tu es fantastique, tu sais !

– Ce n'est pas moi qui suis fantastique, dit doucement Carole, c'est Stanislas qui joue en moi.

– Eh bien, si c'est lui qui joue en toi, par toi, avec toi, tu crois que tu as le droit de lui montrer ce que tu fais avec ton corps, avec ton esprit ?... Tu te détruis à petit feu alors que tu veux le faire vivre dans tes souvenirs. Tu fais tout le contraire de ce que devrait dicter ton amour pour lui. Il n'est plus là Carole, il faut que tu t'en rendes compte, tu t'es rendue esclave d'un souvenir. Garde de lui tout ce qui te fera progresser par amour pour lui, mais oublie tout ce qui a été moche. Tu ne crois pas que c'est la meilleure façon de respecter ce qu'il était pour toi, ce que tu étais pour lui ?

Magali avait pris les mains de son amie, et les enserrait dans les siennes.

– Je sais, je sais...

Carole se retenait pour ne pas pleurer.

– Je suis si perdue Magali, ne crois pas que je ne me rende pas compte de la vie idiote et dangereuse que je mène... c'est peut-être un défi et parce que je refuse d'aller sur une autre route. Qu'est-ce que je dois faire ? Qu'est-ce que je dois faire ?

Elle se dégagea de l'emprise de Magali et se prit le visage entre les mains et pleura doucement. Magali la laissa faire. Au bout d'un moment elle lui toucha les épaules.

– Pour l'instant, il faut te reposer, reste ici autant de temps que tu le souhaites. Tu sais quand le corps est fatigué, la tête et le cœur ont quelquefois bien des difficultés à suivre ! Viens, je vais te montrer ta chambre. Pierre ne va pas trop tarder et on dînera vers 19H30, pour ne pas se coucher trop tard.

Carole hocha la tête, indifférente.

La porte de la chambre refermée, elle s'effondra sur le lit, et s'endormit.

Peu après, Magali entendit le bruit de la clef dans la serrure. Pierre entra et s'approchant d'elle, l'embrassa tendrement.

– Comment va-t-elle ? demanda-t-il tout en enlevant son manteau.

– Je crois qu'elle dort, répondit Magali. Oh ! Pierre, c'est affreux ! Comment a-t-elle pu en arriver là ?

– C'est ce que je me demande depuis le début de l'après-midi. Mais tu sais, Carole a toujours vécu seule d'une certaine façon et ce qu'elle vit, comme tant d'autres, est aussi un drame de la solitude. Elle n'a personne pour l'aider et la conseiller.

– Et depuis que l'on se connaît, répliqua Magali, je me suis rendu compte à quel point elle n'avait pas reçu de véritable éducation comme toi ou moi. Une éducation basée sur l'amour et la présence des parents. Ce qui fait qu'aujourd'hui, on a l'impression qu'elle n'a aucun repère moral, aucune ligne de conduite, aucun but dans la vie. Et il a fallu qu'elle vive ce drame du sida, dans un moment de l'existence où tout se crée, et où le besoin d'amour, de confiance, d'espérance guide l'existence... Mais ce qui m'effraie le plus, c'est qu'elle ne semble pas avoir conscience de l'importance de l'acte d'IVG qu'elle a subi.

– C'est malheureusement le cas de beaucoup de femmes, reprit Pierre. Si on leur fait croire que ce qu'elles font est bien, comment peuvent-elles imaginer le contraire ? Et aujourd'hui, il faudrait que, peu à peu, Carole ait notion de la gravité de l'acte qu'elle a fait, pour qu'elle ne recommence plus... tout en ayant le risque à ce moment-là de vivre un sentiment de culpabilité et de désarroi qui n'arrangera pas son équilibre psychique !

– Qu'est-ce que je dois faire avec elle, à ton avis ?

– Vous promener, aller au cinéma, faire les boutiques, papoter... mais ne pas parler bébé, si possible !

– Dans mon état, dit Magali en souriant tristement, c'est difficile !

– Je sais... Ah ! j'ai sans doute eu tort de l'amener ici.

– Mais non, on ne pouvait pas faire autrement.

La porte de la chambre grinça, et Carole entra dans le séjour. Pierre se précipita vers elle.

– Tu as meilleure mine que tout à l'heure.

– J'ai dormi un peu, et cela va mieux.

Magali se leva.

– Je vous abandonne, je vais faire un peu de cuisine.

– Je peux t'aider ? demanda Carole.

– Repose-toi, il n'y a pas grand'chose à faire.

– Cela me fait plaisir.

– O.K. alors tu peux mettre la table, la vaisselle est ici, dit Magali en montrant une armoire de la cuisine.

Pierre mit la main à la pâte aussi et bientôt les trois amis partagèrent le repas. L'absence de Stanislas se fit soudain sentir étrangement. C'était la première fois depuis sa disparition qu'ils étaient ainsi ensemble. Mais leur quatuor était à jamais éclaté.

5

La journée avait été particulièrement rude dans le service ce jour-là et Justine Vanbroucs eut envie, soudain, de partir à la campagne où ses parents tenaient une exploitation agricole de bonne taille.

Elle avait besoin d'air pur, du calme réconfortant de la grande ferme, de l'odeur de l'encaustique mélangée à celle du foin, d'un bol de lait chaud et de larges tartines d'où coulerait la confiture aux quatre fruits amoureusement faite par sa mère l'été dernier.

Il y avait une vingtaine de kilomètres à faire. Cela valait la peine et ses parents seraient bien heureux de la voir.

Il n'était pas facile pour elle de venir le week-end. Elle était de garde un dimanche sur trois, ou aimait rester au lit avec Guillaume. Elle le leur avait présenté un jour comme «un ami», comprenant qu'avec leurs idées «rétro», ils n'admettraient jamais qu'elle vive ainsi avec lui, hors mariage.

Elle prit un sandwich au distributeur, pour calmer ses vertiges d'affamée et croquant avec bonheur dans le pain amolli par l'emballage de plastique, elle sortit de l'hôpital, respirant l'air frais avec plaisir.

Un pâle soleil éclairait la campagne toute grise. Un voile blanchâtre s'accrochait par endroit sur la terre noire et dans les arbres dépouillés, rendant le ciel laiteux.

Justine ralentit en arrivant dans le village d'Ennevelin. Les marécages d'alentour dus à la rivière de la Marque, augmentaient la brume. Le soleil n'était plus qu'un disque jaune sur un océan sans fin.

Elle passa devant la petite église à la vieille tour trapue. Elle n'y était entrée que très rarement, à l'occasion de mariages ou d'enterrements, mais elle en aimait le mélange de style simple et élégant et particulièrement la superbe charpente.

Le village ne vibrait d'aucune activité : au chaud chez lui, ou au travail en ville, nul ne se sentait le goût d'une promenade.

Justine ralentit encore en s'engageant dans l'étroit chemin qui menait à la ferme : *La Cense,* comme on l'appelait ici en mémoire du cens, redevance donnée par les tenanciers d'une terre au seigneur qui les protégeait. Les pavés luisaient sous l'humidité. Le chemin s'était affaissé des deux côtés sous les roues des gros tracteurs, laissant en son centre un dôme arrondi, redoutable pour les bas de caisse des voitures d'aujourd'hui, et véritablement digne du «Paris-Roubaix».

Elle franchit le porche-pigeonnier du XVII ème siècle, fait de briques et de pierres, puis la porte charretière décorée d'un tableau sculpté et laissant voir les rainures d'un ancien pont-levis. Elle donna trois petits coups de klaxon pour signaler son arrivée et se gara dans la cour près du colombier qui lui rappelait toujours les parties de cache-cache de son enfance avec les garnements du coin ! Elle descendit de la voiture. Elle était chez elle, ici.

Olivier Vanbroucs sortit de la grande étable d'où s'échappaient les beuglements de ses vingt-sept vaches, amoureusement soignées. Il souleva sa casquette et son visage se transforma sous le sourire qui l'éclaira en voyant sa fille.

– Justine ! C'est une riche idée de venir !

Il l'embrassa de deux baisers sur chaque joue, ses grandes mains calleuses, rouges et crevassées posées sur les épaules menues de sa fille.

– Viens, viens ! Maman va être rudement contente de te voir ! Elle est en train de ramasser des œufs.

Ils traversèrent la cour. La haute silhouette puissante d'Olivier Vanbroucs, engoncé dans une chaude parka gris-vert, contrastait avec celle de Justine qui serrait frileusement son fin manteau. Elle glissa sur une dalle humide.

– T'es plus une fille de la campagne, dis donc, fillette !

– C'est vrai que je n'ai pas l'équipement ! Je passe de l'hôpital surchauffé à la voiture, ou à l'appart, où il fait aussi chaud. Je n'ai pas eu le temps de me changer non plus, je suis venue directement de mon service, j'avais envie de souffler. J'ai eu une matinée épouvantable. Trop de travail !

– Mais ça te plaît toujours ton boulot ?

– Oh oui, je ne regrette pas du tout mon choix. Et tu vois j'ai même un style de vie qui me permet de venir faire un petit bisou à mes parents chéris en plein après-midi ! dit-elle en embrassant de nouveau son père.

Ils arrivèrent dans le grand poulailler où régnait une température sinon agréable, du moins plus clémente que celle de dehors.

Un gros panier au bras, Christiane Vanbroucs était penchée sur les poules, n'ayant pas entendu les arrivants tant le piaillement des volatiles était intense ! Elle avait un pantalon bleu-marine, ajusté sur de hautes bottes et un gros pull de laine de la même couleur. Dans ses cheveux courts et blonds, on distinguait quelques mèches blanches. Elle parut toute mignonne à Justine qui la trouvait toujours aussi jeune, malgré ses cinquante ans.

– Coucou !

Christiane se retourna, étonnée.

– Oh ! Justine, tu m'as fait peur ! Quel bonheur de te voir ! Viens, viens à la maison.

Justine souriait, elle était toujours accueillie comme si son absence avait duré des mois, et c'était si agréable !

– Donne-moi ton panier, dit-elle en prenant les œufs des mains de sa mère.

– Eh ! fais pas d'omelettes en glissant encore dans la cour, suggéra Olivier en riant.

– Comment vas-tu ma chérie ? dit Christiane, en se passant une main dans les cheveux, Tu es toute pâlotte. Tu travailles trop ?

– Beaucoup, mais normalement pour ce genre de métier. Et puis forcément dans les services hospitaliers, l'air est moins bon qu'à la campagne, bien qu'aujourd'hui, brr... il fasse plutôt frisquet !

Ils traversèrent de nouveau la cour et entrèrent dans le corps de bâtiment servant de logis. Olivier avait aménagé une sorte de grand sas qui permettait de retirer les bottes et d'éviter à l'air froid de l'hiver d'entrer. Cela maintenait aussi, à l'intérieur, toute la fraîcheur quand l'été transformait l'air en ondes rayonnantes et mouvantes, à la crête des épis de blé.

Sur la droite du couloir d'entrée, une double porte de chêne sculptée fermait le salon où l'on n'allait guère en semaine, surtout en hiver. Seule la grande cheminée de pierre pouvait réchauffer la vaste salle au parquet ciré. Aux murs, des tableaux sombres représentaient les visages sévères des anciens maîtres des lieux.

Ils entrèrent sur la gauche : là une très grande pièce servait de cuisine, salle à manger et même bureau. Bien chauffée, par un feu continu au mazout encastré dans l'ancienne cheminée, c'était aussi un nid douillet, grâce aux fauteuils confortables tournés vers la télévision. Dans un angle près de la fenêtre il y avait, nichée au cœur d'un pan de mur recouvert de bouquins et d'une multitude d'objets, une table de travail encombrée de factures, bons de commande et diverses paperasseries.

Une très grande table de chêne trônait au milieu du coin cuisine, où l'équipement moderne et les objets anciens voisinaient en harmonie.

– Tu veux prendre quelque chose de chaud ? demanda Christiane

– Je t'avoue que je n'ai pris qu'un petit sandwich élastique et je meurs de faim.

– Oh ! ma puce, attends on va arranger ça tout de suite !

En un clin d'œil Justine se retrouva devant jambon, saucisson, fromage, pain, confiture, et fruits.

– On est bien content de te voir, dit Olivier, raconte nous ! Ton nouvel hôpital, toujours debout ?

Justine avala la bouchée de jambon fumé qu'elle trouvait excellent, et expliqua ce qu'elle faisait.

– Tu as des copains ? Tu sors un peu ? demanda Christiane.

– Une belle fille comme toi, doit en avoir des amoureux !... tu nous ramènes quand un petit fiancé ? enchaîna Olivier.

– Vous êtes marrants tous les deux, dit en riant Justine, mais je n'ai que vingt-cinq ans, j'ai le temps !

– Le temps, le temps, dit Christiane, votre génération ne se rend pas compte que pour avoir des bébés il vaut mieux ne pas être trop vieux.

– Quand bien même j'attendrais encore dix ans, cela irait répondit Justine, on n'a plus douze enfants à notre époque, maman.

– Oui, oui, je sais, mais quand même tu ne m'ôteras pas de l'idée qu'il vaut mieux se marier tôt et avoir les enfants quand on est encore jeune. C'est plus facile physiquement... répondit celle-ci en s'obstinant.

Justine préféra détourner la conversation.

– Et vous ici, comment va la ferme ? Tes vaches papa ?

– Ah, ne m'en parle pas ! Avec cette histoire de vache folle, je guette le moindre changement dans le comportement de mes bêtes. Tu te rends compte s'il fallait les abattre toutes ? Mais je ne pense pas qu'il y ait un risque ici. J'ai toujours trouvé complètement stupide de nourrir des herbivores avec des aliments contenant des os ou des extraits de poissons. Faut vraiment être stupide pour chambouler la nature comme ça. Elle se venge, c'est normal !

Olivier se leva de la chaise qu'il chevauchait à l'envers. Il se versa une tasse de café qui restait au chaud sur le feu continu. Il suffisait de verser un peu d'eau chaude sur le marc de café et la chicorée, c'était ainsi prêt en permanence.

Il continua :

– Il n'y a pas que les vaches qui donnent du souci, les endives ne sont plus ce qu'elles étaient. Tout le monde en fait, alors c'est moins rentable. Je crois que je vais arrêter, je vais me consacrer un peu plus aux pommes de terre, bien que cette année, avec ces périodes de sécheresse puis de flotte qui n'en finit plus, elles n'arrivent pas à pousser et grossir et puis après, elles pourrissent dans le sol... un vrai désastre !

– Il n'y a aucun métier facile, renchérit Justine, mais c'est vrai qu'ici vous êtes tellement dépendants du temps qu'il fait !

– S'il n'y avait que le temps ! coupa Christiane.

– Ce que maman veut dire, c'est que l'on est bouffé aussi par des taxes, des impôts, l'invasion des produits de la communauté européenne. On a l'impression que nos gouvernants ne pensent pas d'abord à leur propre pays. Ils gèrent en gros... ils ne voient pas le détail de chaque agriculteur qui travaille pour le bien de tous et doit essayer de se sortir tout seul de son merdier !

Justine regarda ses parents. Elle les avaient toujours vus travailler de l'aube à la nuit tombée, sans jours de vacances, sans un instant de repos. Il est vrai que l'hiver réclamait moins de travail, mais les bêtes nécessitaient toujours un soin quotidien. La vie de ses parents était si étroitement liée à celle de la ferme qu'elle se demandait parfois s'il leur arrivait de s'en éloigner de quelques kilomètres !

Mais bon an mal an, ils avaient réussi à payer les études de leurs trois enfants, à maintenir en état l'ensemble des corps de ferme, et à avoir l'outillage coûteux mais nécessaire au bon fonctionnement de cette entreprise agricole, en ayant également l'aide d'employés saisonniers.

– Mange, mange, dit Christiane à sa fille.

– Si j'avale tout cela, répondit en souriant Justine, je serai énorme !

Christiane s'exclama soudain.

– Oh ! à propos d'être énorme... tu me diras que c'est une drôle d'association d'idées, mais enfin !... Clotilde attend un bébé pour le mois de mai !

– Encore ! ne put s'empêcher de dire Justine, mais les deux autres sont tout petits !

De trois ans son aînée, Clotilde s'était mariée quatre ans auparavant. Vendeuse dans un magasin de sport, passionnée de randonnée en montagne, elle y avait rencontré Patrick travaillant dans le même rayon. Un an plus tard elle mettait au monde une adorable petite Eulalie, suivie par un gros poupon, Julien, dix-huit mois après.

– Elle continue à travailler ? interrogea Justine, encore ahurie par la nouvelle. Eulalie a tout juste trois ans, je ne sais pas comment elle fait. Elle doit être crevée ! C'est voulu cette grossesse au moins ?

– Eh ! c'est pas à nous de juger, interrompit Olivier. Ils font ce qu'ils veulent, ils sont assez grands !

Christiane continua :

– Elle est rayonnante de bonheur. C'est vrai que tu ne la vois pas très souvent, c'est dommage ; elle commence à passer le mauvais moment des nausées et tout va bien, elle entame son quatrième mois. Je crois, d'après ce que j'ai compris, qu'elle va essayer de travailler à mi-temps après la naissance. Ils ne gagnent pas lourd tous les deux et c'est coûteux ces petits.

Justine soupira, Elle se sentait tellement différente de

sa sœur ! Un petit sentiment de jalousie l'étreignit : c'était un beau couple, très amoureux, joyeux à la face du monde. Elle souffrait de ne pas pouvoir éclater publiquement de bonheur avec Guillaume. Mais, lui, aimait cette vie de bohème. Il ne voulait pas entendre parler de mariage, «cette cérémonie conventionnelle faite pour les vieux et les parents». Les enfants ? Il n'en parlait jamais. Cela ne rentrait pas dans son champ de vision. Il aimait pourtant les saisir sur ses écrans, mais c'étaient les enfants des autres. Il souriait, goguenard, quand ses anciens copains lui présentaient femme et gosses, en vrai ou en photos, toujours émus et fiers de ce qu'apparemment personne d'autre n'avait réussi à faire avant eux !

Les gosses ? C'était pour les gens un peu «rassis», qui voulaient vivre pépère, cocooning. Lui, Guillaume, ne tenait pas en place. Il voulait aimer, être aimé, croquer la vie, mais surtout, pas d'attache !

Aussi, Justine ne parlait pas de ses relations avec lui à ses parents. Elle savait qu'ils ne comprendraient pas et préférait éviter ce genre de discorde.

Mais ces moments de mélancolie et de regrets étaient fugaces pour Justine et elle se trouvait parfaitement heureuse de sa liberté : le travail, la détente, le plaisir. Elle appréciait sa minceur, son ventre plat et musclé, elle aimait être à l'aise dans son corps et la maternité dont elle ne voyait, bien souvent, que les difficultés à l'hôpital, ne la tentait guère.

– Salut tout le monde, salut sœurette !

Un grand escogriffe entra brusquement dans la pièce. Nicolas, les cheveux en bataille, les joues rosies par le froid, le gros blouson noir ouvert et le jean trop court sur ses grosses chaussures, lança son sac de classe par terre et fit claquer deux baisers sonores sur les joues de sa sœur.

– J'avais reconnu ta voiture, c'est sympa de venir dans notre trou perdu. Bonsoir, m'man, bonsoir p'pa.

– Tu veux retirer tes chaussures et ranger ton blouson, dit Christiane en se fâchant, c'est pas possible de devoir toujours répéter la même chose !

– Mumm, grommela Nicolas, qui s'exécuta cependant.

– J'ai faim !

A dix-sept ans, il engloutissait une baguette à chaque repas, mais préférait encore le pain confectionné par sa mère. Il s'installa en bout de table, fit craquer la baguette sous ses doigts, pris le grand couteau et la coupa sur toute sa longueur. Il prit le pot de confiture de quetsche et tartina copieusement la mie tendre.

Christiane avait devancé ses désirs et lui apportait un grand bol de lait fumant où il versa trois énormes cuillères de chocolat.

Justine le regardait en riant

– Hum ! C'est bon, dit-il la bouche pleine, tu en veux ?

– Merci ! j'en ai déjà pris.

– Tu pourrais tout de même te comporter en civilisé et couper ton pain en deux, bougonna Olivier.

– Ch'est meilleur comme ch'a, répliqua Nicolas, la bouche pleine.

Nicolas était scolarisé au lycée agricole de Genech, à une dizaine de kilomètres de là. Il faisait les routes sur un vieux cyclomoteur qu'il passait en revue en permanence, y apportant à chaque fois diverses améliorations qui devaient lui permettre d'aller toujours plus vite, mais qui avaient pour fâcheux résultat d'entraîner réparations sur réparations.

Olivier Vanbroucs ne l'avait pas du tout poussé sur cette voie agricole, mais il était très heureux de voir son fils s'intéresser à la terre et espérait, Oh ! combien ! qu'il pourrait reprendre l'exploitation plus tard. Nicolas l'aidait déjà énormément à chacune de ses vacances, n'hésitant pas à inviter les copains qui mettaient, eux aussi, la main à la pâte, découvrant avec parfois beaucoup d'étonnement cette vie de ferme.

Il reprit sa respiration entre deux gros morceaux.

– Dis donc Justine, je t'ai vu avec ton amoureux l'autre soir !

– Ah, où ça ?

Justine essaya d'avoir l'air détendu.

– Je te le dirai pas, eh ! eh ! ricana-t-il bêtement.

Justine prit le parti de hausser les épaules. Elle avait l'habitude des taquineries de son frère qu'elle aimait beaucoup, même s'il avait souvent l'art de l'énerver au maximum !

Elle voulut attaquer à son tour.

– Et toi, tu travailles bien cette année ? C'est le bac de français, c'est du sérieux maintenant ! Tu es un grand garçon mon petit minou !

Nicolas grommela devant les taquineries de sa sœur.

– Je bosse super bien, j'ai des tas de copains et une classe hyper.

– Ce qui fait que tu rentres trop tard tous les soirs, interrompit Christiane. Sauf aujourd'hui !

– Mais c'est simplement parce qu'on travaille

ensemble, c'est plus pratique. Ce soir, ce n'était pas possible, c'est tout.

Il évita de dire que sa grande amie, Laura, devait rentrer tôt chez elle. Lui n'avait donc aucune raison ce soir, de s'attarder.

– Dis donc, tu monopolises la conversation, grommela Olivier, allez, termine cette orgie et file faire ton travail.

Justine se leva aussi

– Je vais partir, la nuit tombe déjà et le brouillard semble de plus en plus dense, constata-t-elle en écartant le voilage de la fenêtre qui donnait sur le champ derrière la maison. Je dois aussi faire quelques courses, mon frigo est désespérément vide !

– Ne fais pas de courses, on a tout ce qu'il faut. C'est meilleur qu'au supermarché, répondit Christiane en se précipitant vers la cave.

Peu après, Justine repartit, le coffre plein de pommes de terre, œufs, confiture, tarte, fromage et divers jambons, ayant eu beaucoup de difficulté à faire comprendre à sa mère que sa petite cuisine aurait du mal à contenir tout cela !

Elle avait promis de revenir un prochain dimanche pour voir Clotilde et Patrick. Elle choisirait un week-end où Guillaume serait en reportage.

Elle s'enfonça dans le brouillard devenu plus épais par la nuit. Ses phares éclairaient à peine les bords de la petite route et sa voiture tressautait dans chaque trou en formation, laissant entendre la boue qui éclaboussait la carrosserie.

Elle poussa un soupir de soulagement en arrivant sur l'autoroute.

6

Les néons de la classe donnaient aux élèves de première un teint blafard et la mine fatiguée. Ils étaient trente-deux à essayer de suivre tout ce que disait le professeur de math, mais les cinq heures de cours déjà écoulées dans la journée, avaient fait le plein de leur esprit maintenant saturé. Le dos rond, les garçons pliaient leurs grandes jambes sous les chaises et les étiraient parfois devant eux pour détendre leurs muscles. Quelques filles étaient réparties dans la classe, reconnaissables, non à leurs vêtements mais aux longs cheveux, retenus par des «chouchous” de couleur.

Le professeur, en blouse blanche, continuait inlassablement d'écrire des formules sur le tableau. Les têtes des jeunes se dressaient et se penchaient alternativement pour lire, comprendre et noter tout ce qui était possible.

Enfin le professeur déposa sa craie, se frotta les mains l'une contre l'autre, dégageant un nuage blanchâtre et s'assit derrière son bureau.

– Bien, pour le prochain cours, vous me ferez les exercices de la page 56 et pour le contrôle de la semaine prochaine, j'espère que vous vous remuerez un peu plus que la dernière fois, c'était minable !

Les élèves fermaient cahiers et livres, n'écoutant plus le prof qui, de toutes façons, répétait toujours la même chose !

Un mouvement de détente se fit ressentir telle une grosse vague : claquement des livres, glissement de feuilles et de pieds, soupirs.

Nicolas Vanbroucs jeta un coup d'œil à Laura assise derrière lui.

Grande et mince, parée de longs cheveux noirs et soyeux, les yeux en amande d'un bleu profond, Laura Masne se savait jolie et attirante. Toujours très moulée dans des pantalons étroits, elle avait l'art de mettre sa silhouette en valeur et ses camarades de classe l'avait élue miss lycée. Cela l'avait flattée, ne se rendant pas compte de la moquerie parfois bien amère des autres filles. Laura semblait toujours naviguer au-dessus d'un nuage de garçons, qui se disputaient le plaisir... et l'honneur, de la raccompagner chez elle ou de l'emmener au cinéma du village.

– Je te reconduis chez toi ? demanda Nicolas.

– O.K. dit Laura en souriant, tout en rangeant ses affaires dans un sac à dos.

Les élèves s'étaient levés, ne s'occupant plus du professeur qui quittait la classe. Dans un grand bruit de chaises et de claquement de bureaux, d'éclats de voix de jeunes garçons ne sachant doser leur puissance vocale, la classe se vida de tous ses occupants. Seul l'air lourd et vicié témoigna encore un moment de leurs présences.

Nicolas et Laura partirent ensemble, le sac chargé de cahiers et livres, en bandouillère.

– Dis, tu as bien compris le cours de math ? demanda Laura. Je nage complètement moi.

– Pas de problème, mais pour l'anglais ! *I understand* rien du tout !

– On travaille ensemble ?

– Oh ! oui, mais où ? Je n'ai pas envie de me retrouver dans la salle d'études.

– On peut aller chez moi, les parents ne sont pas là, on sera tranquille et ce n'est pas loin.

Laura habitait à deux kilomètres du lycée. Elle faisait la route à pied, entraînant bien souvent dans son sillage un ou deux camarades de classe. Elle appréciait particulièrement d'être raccompagnée par Nicolas, à califourchon derrière lui sur sa mob. Le chemin du retour ressemblait fort à l'école buissonnière et il leur arrivait souvent de rouler longtemps dans les petites routes de campagne. Elle enserrait la taille de Nicolas, la tête appuyée sur son dos. La vitesse, le vent fouettant leurs visages, le contact des corps, les remplissaient de bonheur. Nicolas devenait de plus en plus sensible à cette présence féminine, qui s'agrippait à lui. Il emmenait sa dulcinée tel un chevalier sur son fier destrier, glissant au milieu des champs de blé ou de betteraves.

Le vent frais de l'automne, une pluie cinglante, les feuilles mortes, gluantes d'une boue noirâtre, ne rendirent pas la promenade agréable. Nicolas et Laura n'allongèrent pas le chemin ce soir-là. Frigorifiés et trempés, ils arrivèrent bientôt chez Laura.

– Ouah, quel temps de chien ! s'exclama Nicolas.

– Je suis gelée et trempée, répondit Laura en se secouant comme un épagneul. Mets tes vêtements sur le radiateur, moi, je vais me changer et on se prend un bol de chocolat chaud.

– Je pourrais téléphoner aux parents ? Ils sont toujours inquiets quand je rentre plus tard que la normale.

Nicolas regarda cette habitation qu'il ne connaissait pas encore, mais dans laquelle vivait Laura.

La maison n'était pas grande. De plain-pied, les murs crépis, il y avait trois petites chambres, un séjour minuscule et une cuisine où il était impossible de s'installer pour les repas. Les parents de Laura étaient employés de banque à Lille. Ils partaient tôt le matin, rentraient tard le soir, las de journées longues et de travaux répétitifs. Madame Masne attendait le week-end pour entretenir la maison, faire les courses avec son mari, passant une grande partie de son temps à regarder des magazines féminins, sa seule source de culture avec la télévision qui diffusait en permanence ses lueurs bleutées et ses dialogues abrutissants. On grignotait le soir devant n'importe quel film.

Laura n'avait ni frère ni sœur, mais une bonne quantité de demi-frères et sœurs : deux du côté de son père, trois de sa mère. Elle était le pont entre les deux. Son intimité de fille unique avait été envahie durant toute son enfance par ceux que le hasard des amours et des ruptures regroupaient sous le même toit, le temps d'un repas dominical aussi insipide que pénible.

Laura cria de la salle de bain.

– J'arrive tout de suite !

Nicolas venait de retirer son blouson. Le jean mouillé lui collait sur les jambes. C'était désagréable. En un instant, il ôta chaussures et pantalon et se retrouva en chaussettes et caleçon aux motifs de bandes dessinées. Il avait heureusement avec lui ses affaires de sport et s'apprêtait à enfiler le pantalon quand Laura sortit de la salle de bain, se frottant les cheveux avec une serviette. Elle avait enfilé un caleçon long et une grosse chemise qu'elle avait laissée à moitié ouverte, laissant apparaître la naissance des seins. Elle regarda Nicolas et pouffa de rire.

– T'es mignon comme ça !

Nicolas tourna sur lui-même, hilare et fit quelques pas, les jambes arquées, mimant un défilé de mode avant de s'habiller.

Ils éclatèrent de rire.

– Tu as téléphoné chez toi ? demanda Laura.

– Zut j'ai oublié ! Je le fais.

La conversation ne dura pas deux minutes.

– M'man, je suis avec un copain, on travaille les maths et l'anglais. Je ne rentrerai pas tard. T'inquiètes pas, je suis prudent.

– Ah, la, la ! Ces parents, s'exclama-t-il en raccrochant, toujours inquiets ! Tes phares fonctionnent bien ? Tu as assez d'essence ? Fais attention, ça glisse ! Il y a des chauffards !

Tout en parlant, il suivit Laura dans la cuisine. Elle prit une casserole pour faire chauffer du lait.

– Cela te va du chocolat, ou tu veux autre chose ?

– Qu'est-ce que tu as d'autre ?

– Ben !...

Laura ouvrait les placards, le frigo.

– Y'a pas grand'chose ! Ah, attends, voilà toujours des biscuits et ça, qu'est-ce que c'est ?... une *Jenlain*, c'est une bonne bière je crois. Tu en veux ?

– Ton père ne va rien dire ?

– Il y en a d'autre. Tu ne crois pas qu'il les compte quand même ! Il ne le verra pas.

– A quelle heure rentrent tes parents ?

– On est vendredi ? Alors pas avant vingt-deux heures, ils font le plein de courses et mangent un steak-frites au super marché.

Nicolas se sentit soulagé, il n'avait aucune envie de se trouver face aux parents Masne, ne sachant quoi leur dire et surtout connaissant leurs principes rigides, pourtant bien en opposition avec leur style de vie. Ils contrôlaient les relations de leur fille, et surtout voyaient d'un très mauvais œil tout risque d'abordage de la gent masculine. Monsieur Masne pouvait entrer dans des colères violentes et irraisonnées, n'hésitant pas à frapper tout ce qui se trouvait sur son chemin, pour des motifs parfois très futiles ! Ne s'occupant guère de leur fille, faute de temps, les parents Masne croyaient la protéger en montant autour d'elle des barrières infranchissables. Ils étaient ainsi persuadés de leur talent éducatif.

Laura et Nicolas se retrouvèrent bientôt côte à côte, l'une buvant à petite gorgée son chocolat brûlant, l'autre dégustant la bière forte et onctueuse.

– Bon, on attaque ? demanda Nicolas, on commence par quoi, les maths ou l'anglais ?

– Oh ! l'anglais ! Les maths, j'ai ma dose pour l'instant.

– Tu vas avoir du boulot, je ne pige rien à rien !

Ils attrapèrent leurs lourdes sacoches et bientôt, cahiers et crayons jonchèrent le tapis écru aux longs poils synthétiques.

Peu à peu, ils s'approchèrent l'un de l'autre. La main de Laura effleura la jambe de Nicolas. Elle ressentit un petit frisson. Lui aussi.

Ils continuèrent à parler anglais, apparemment insensibles, mais l'esprit de plus en plus éloigné des méandres linguistiques.

Laura s'approchait de plus en plus de Nicolas. Elle le regardait.

– Eh ! dit-il, ce n'est pas écrit sur mon nez... !

Perturbé par l'attitude de Laura qui le dévisageait de plus en plus, Nicolas se recula légèrement.

– Bon, on continue ou quoi ?

– *Yes, yes ! But I want to kiss you !*

– Oh ! arrête ! dit Nicolas en riant.

Ils s'observèrent un instant, yeux dans les yeux.

– Je ne te plais pas ? demanda Laura, en miaulant comme une chatte.

– Oh ! si, répondit Nicolas.

Il se sentit rougir.

– Alors, tu m'embrasses ?

Il ne savait comment reprendre la situation en main, et se tut.

– Je te fais peur ? Tu n'as jamais embrassé une fille ?

– Bien sûr que si ! s'exclama Nicolas.

De quoi aurait-il l'air s'il lui avait dit que c'était uniquement sur les deux joues ! Les filles ? Il les avaient toujours vues de loin jusqu'à présent, même s'il avait essayé plus d'une fois de les draguer !

Les yeux de Laura pétillèrent de malice. Elle prit le visage de Nicolas entre ses longues mains fines. Il frissonna.

Elle s'approcha de plus en plus. Il sentit son haleine

chaude sur ses lèvres. Il n'osait pas bouger. Elle l'embrassa longuement. Il se laissa faire.

Soudain il sursauta quand la main de Laura commença à lui parcourir le corps.

Il la repoussa brutalement.

– Oh ! arrête ! dit-il en se levant.

– Tu n'aimes pas cela ?

– Si, si bien sûr, mais... Mais on se connaît à peine... on va faire des conneries si tu continues !

De longs frissons le parcouraient. Il essayait de se dominer.

– Quelles conneries ? Cela te fait peur de faire l'amour ? Laura sourit doucement, ravie du petit jeu qu'elle menait. Fière de montrer qu'elle avait une certaine expérience.

– Pas... pas comme ça !

Nicolas s'énervait.

– Comme ça quoi, dit Laura. C'est la meilleure façon de se connaître, c'est super tu sais !

– Mais oui, je sais ! je sais !

– Hum ! Laura prit un air de doute profond qui vexa Nicolas.

– Qu'est-ce que tu t'imagines ? Je ne suis plus un gosse !

Il commença à chercher ses affaires qui séchaient encore sur le radiateur.

– Tu pars ?

– Oui, je m'en vais ! Je n'ai pas envie ce soir, c'est tout !

– C'est de moi que tu ne veux pas ? répliqua Laura vexée.

– Mais non, tu me plais beaucoup... c'est... c'est pas ça !

– Alors ? c'est quoi, tu en aimes une autre ?

– Ah, flûte !

Nicolas fourra son pantalon encore humide dans son sac, ramassa ses affaires, et ne dit plus rien.

– Charmant, s'exclama Laura, quel ours tu es !

Il haussa les épaules et se dirigea vers la porte.

– Allez, salut !

– Ah, non, dit Laura en s'interposant devant la porte, tu ne vas pas partir comme ça !

– Mais enfin qu'est-ce que tu veux ? répliqua Nicolas violemment, car il était soudain très mal à l'aise. Cela fait des années que l'on se connaît Laura, je t'apprécie beaucoup c'est vrai, et j'adore être en ta compagnie. Mais... mais ce soir comme ça, tout à coup, tu t'imagines des tas de choses, tu n'es plus la même.

– Tu voudrais que je reste toujours petite fille ? Je suis une femme maintenant Nicolas, tu ne t'en aies pas rendu compte ? Tu m'attires aussi parce que toi, tu es devenu un homme.

– Bien sûr que si je me suis rendu compte de ce que tu es maintenant, et tu es super belle.

– Merci !

– C'est vrai et tous les garçons te trouvent vraiment super, mais tu gâches tout en voulant faire des choses dont on n'a pas forcément envie, comme ça tout de suite...

– Mais ce n'est pas tout de suite, comme tu le dis, cela fait longtemps que l'on se connaît.

– En tant qu'amis oui, pas pour être des amants ! Ce n'est pas pareil !

– Mais c'est pas vrai ! soupira Laura en levant les yeux au ciel, t'as pas de...

– Oh ! ça suffit, cria Nicolas en l'interrompant, si tu veux que l'on reste des amis...

– Pas amis Nicolas, je te veux toi, et ton corps parce que je t'aime, voilà !

Nicolas se trouvait complètement à cours d'arguments et désemparé devant la situation.

– Bon, laisse-moi partir, tes parents vont arriver... Bonsoir.

Laura claqua la porte derrière lui, furieuse.

– Eh, merde, quel salaud !

Elle était particulièrement vexée qu'on la rejette ainsi. Nicolas lui plaisait bien, et elle aurait voulu que ce fut réciproque.

– Mais qu'est-ce qu'il a donc cet imbécile, se dit-elle...

Elle ricana un instant : «Je parie qu'il n'a jamais fait l'amour et que cela lui a flanqué la trouille !»

Elle rumina un instant se demandant bien quelle vengeance elle pourrait trouver pour laver cet affront ! Elle, la plus belle fille du lycée, se faire rejeter comme ça ! C'était trop affreux !

Elle tapa du pied dans la pile de bouquins encore éparpillés sur le tapis. Elle alluma une cigarette.

Elle entendit la voiture de ses parents crisser sur les gravillons de la petite allée qui menait au garage. Elle sursauta et éteignit sa cigarette. Elle ramassa ses livres pêle-mêle et se précipita dans sa chambre. Elle n'était pas d'humeur à les voir !

– Laura ? C'est nous ! On est crevés, tu nous aides à décharger la voiture ?

– Je travaille ! cria Laura du fond de son lit.

Elle n'avait aucune envie d'entendre les discutailleries mesquines de ses parents sur le prix des légumes et le programme télé qu'ils pourraient encore réussir à voir à cette heure tardive.

7

Laura et Nicolas arrivèrent en même temps en classe le lendemain matin. Ils se regardèrent sans rien dire, et Nicolas fonça vers un groupe de garçons.

Il avait passé une nuit épouvantable. Il se sentait complètement gauche, niais, gamin. De quoi avait-il l'air vis-à-vis de Laura ? Qu'est-ce qu'elle avait dû croire, qu'est-ce qu'elle n'allait pas raconter maintenant à ses copines ? Son orgueil en prenait un sacré coup. Mais, zut et rezut, se dit-il mille fois pendant sa longue insomnie, je n'ai pas envie de coucher avec une fille comme ça, sur un coup de tête.

Au plus profond de lui-même, il voulait s'y préparer, de cœur, de corps, d'esprit. Il voulait que ce soit magnifique et pas un acte escamoté, à la va-vite pour assouvir un plaisir d'un soir. Cela ne collait pas avec la beauté de l'acte. Un acte dont on devait quand même se souvenir pendant un bon bout de temps ! Il refusait d'entrer dans cette habitude fréquente aujourd'hui, d'essayer l'un, puis l'autre. Une façon de faire avec son corps et celui du partenaire des essais comparatifs, un peu comme pour des paquets de lessive. Non, cela ne le tentait pas du tout.

Peut-être avait-il ce bon sens paysan de la valeur de la nature, du sens de la durée de tout acte, du temps à prendre pour voir lever les pousses et jouir ainsi de la contemplation d'une certaine forme d'éternité dans la transmission de la vie.

Mais peut-être aussi, n'était-il pas normal, après tout ? Car apparemment tout le monde couche avec tout le monde maintenant !

Et pourtant cette étrange et agréable pulsion qu'il avait ressenti en lui, quand la main de Laura le caressait, lui avait bien fait comprendre qu'il était un homme maintenant, un vrai.

Il regarda discrètement le petit groupe de filles au milieu duquel Laura pavanait, dépassant en taille toutes les autres. C'est vrai qu'elle était vraiment mignonne et aguichante, mais bon sang, qu'est-ce qui lui avait pris hier soir ? Un petit sentiment d'orgueil se fit quand même jour en lui : une fille l'avait trouvé attirant et quelle fille ! Il n'était donc pas trop gamin, ni moche !

Laura de son côté, essayait de comprendre le rejet de Nicolas. Il l'avait attirée depuis bien longtemps. Gai, costaud, dynamique... Il avait une tignasse brune, toujours ébouriffée qui lui donnait ce côté sauvage qui lui plaisait tant. Avec ses yeux sombres mais rieurs, sa forte mâchoire, sa carure musclée, il émanait de lui une puissance troublante. Elle le voyait changer, il lui plaisait de plus en plus. S'en était-il rendu compte ?

Dans sa section du lycée, à majorité masculine, elle avait toujours été admirée, courtisée, c'était extrêmement agréable. Mais elle voulait être maître à bord et diriger les hommes à sa guise. Les idées féministes dont elle était imprégnée lui paraissaient le signe évident de la modernité de la civilisation, quand la femme devient réellement l'égale de l'homme, quand elle peut alors mener le jeu de l'amour aussi bien que celui des responsabilités professionnelles jusqu'alors réservés aux messieurs. Mais elle avait besoin aussi de les attirer, d'être l'unique au milieu d'eux, et ses idées féministes étaient vite mises au rancard quand elle voyait une autre fille pénétrer dans son cercle protégé !

En classe, les heures passèrent, longues et ennuyeuses. Il leur arrivèrent plusieurs fois d'échanger de rapides coups d'œil, piquant le nez sur leur cahier quand leurs regards se croisaient.

Enfin le son aigre et strident de la sonnerie soulagea tout le monde, l'idée d'un week-end excitant toujours les jeunes assoiffés de distractions.

Nicolas enfourcha sa mob qui eut du mal à démarrer. Laura le contemplait qui s'énervait sur son moteur. Enfin, celui-ci voulut bien émettre un rugissement curieux, témoin de sa bonne volonté à fonctionner.

– Tu m'emmènes ? demanda-t-elle, ou bien tu attends une autre fille ?

– Ecoute Laura, ne fais pas la mauvaise tête et tu oublies ce qui s'est passé hier soir. Je t'aime bien tu sais, on peut rester copain, non ?

– Je n'ai pas eu l'impression que tu m'aimais, même «bien» ? Tu m'as rejetée comme une vieille chaussette !

– Ça y est, tu recommences ! Mais on ne fait pas l'amour comme ça ! Clac, un coup par ci, un coup par là ! C'est super l'amour, cela se crée un peu à la fois, il faut se connaître... je ne sais pas moi, faire des tas de choses ensemble... Avant !

– Ce que tu es rétro ! Tu es complètement borné mon vieux ! On n'est plus au temps de nos grand-mères, on est libéré !

– Ouais, c'est ça, tu vas me faire le coup de la libération de la femme, le féminisme et tout et tout !

– Heureusement qu'il y a les féministes, on est libre de son corps maintenant ! Je fais ce que je veux, moi !

Laura regarda Nicolas d'un air hautain.

– Moi aussi je fais ce que je veux, et justement, j'ai peut-être trop de respect pour mon corps et celui de la fille pour faire n'importe quoi, n'importe quand.

– Tu parles d'un mec !

– Oh ! je t'en prie ! N'en rajoute pas !

Nicolas donna un grand coup d'accélérateur et la mobylette partit en se cabrant comme un jeune cheval.

Abandonnée sur son trottoir, Laura lui lança un regard haineux.

– Eh ! Laura, qu'est-ce que tu fais ce week-end ? lui cria un autre camarade de classe, qui venait de sortir du lycée.

– Oh ! rien !

Elle pensa à ses parents qui allaient encore parler des humeurs des chefs de service, des commandes à faire pour Noël, ou des prochaines vacances et du camping à choisir ! C'était gai !

– Tu veux qu'on sorte ensemble ?

Laura dévisagea des pieds à la tête le jeune devant lui : elle le trouvait laid et sans charme à côté de Nicolas, mais l'idée d'être toute seule avec ses parents, la rendait encore plus morose.

– Si tu veux. Tu proposes quoi ?

– On peut aller au ciné.

Elle haussa les épaules et acquiesça. L'autre se dressa, fier comme un paon de sa conquête du week-end qui allait rendre les autres copains jaloux... depuis le temps qu'il lorgnait Laura ! Enfin elle acceptait de sortir avec lui.

Laura mit du temps à rentrer chez elle. Une bonne demi heure plus tard, elle franchit le portillon blanc et pénétra dans la petite maison dont elle claqua la porte d'entrée.

Monsieur Masne sortit de la cuisine. Il avait le visage des mauvais jours ,0: en savates, pas rasé, vêtu d'un survêtement bleu, il tenait un objet à la main. Laura reconnut la bouteille de bière.

– Qu'est-ce que c'est que ça ? demanda-t-il furieux.

– Ben, c'est une bouteille vide, répondit bêtement Laura.

– Je le sais, je ne suis pas idiot, rugit-il, mais depuis quand tu te mets à boire ma bière maintenant ?

– Ben, je... je...

Laura ne savait que dire. Elle avait horreur de la bière et ses parents le savaient.

– Si ce n'est pas toi, qui c'est ? hurla-t-il. Ne fais pas l'étonnée. Je l'ai trouvée par hasard parce que j'avais jeté une cuillère par mégarde dans la poubelle et que j'ai voulu la récupérer. Tu as reçu quelqu'un ici hier soir ? Avoue !

– Je n'ai rien à avouer, dit Laura en bredouillant, décontenancée par l'attaque brutale de son père. Mais qu'est-ce qu'ils ont tous contre moi, en ce moment, se dit-elle.

– Viens ici, cria Monsieur Masne en empoignant sa fille par le bras. Tu as reçu un type, c'est ça ? Mais dis-le ! Une *Jenlain*, c'est pas une bière de fille ! Tu profites que tes parents ne sont pas là pour faire venir des hommes ici !

Il s'énervait de plus en plus.

– Tu n'es qu'une traînée ! Et qu'est-ce que tu as fait avec lui, qu'est-ce que tu as fait ? Allons, avoue !

– On a fait des maths, c'est un copain de classe.

– Ah, triompha-t-il, tu reconnaîs que tu as fait venir quelqu'un ici ! Traînée !

Il gifla violemment Laura qui se cogna contre le chambranle de la porte.

– Des maths, des maths ! Tu as fait autre chose, hein ! hein !

Il répétait sans cesse hein, hein ! Madame Masne, alertée par les cris, essaya de comprendre ce qui se passait.

– Ta fille est une menteuse, une traînée !

– Oui, j'ai fait autre chose, oui, j'ai fait l'amour, là ! cria Laura en se redressant et en défiant son père du regard. Et alors ? qu'est-ce que cela peut te faire ?

Elle se frottait le front douloureux.

– Oh ! s'écria Madame Masne, affolée, en se mettant

les deux mains sur le visage. Mais tu es folle ! T'avais pris des précautions au moins ?

Laura la dévisagea avec mépris. Quelle mère ! Sa seule peur ce serait la grossesse ou le sida !

– Vous ne vous êtes pas encore rendu compte que je n'étais plus un bébé ! Laissez-moi vivre comme je le veux !

Décontenancé un court instant, Monsieur Masne relâcha Laura qui en profita pour s'enfuir dans sa chambre et s'y enfermer.

Il la poursuivit et secoua fortement la porte, tandis que Madame Masne criait elle aussi.

– Mais arrête, tu vas tout casser ! Laisse-la !

Mais lui, ne prêtait pas du tout attention à sa femme.

– Reste enfermée, c'est ça, au pain et à l'eau tout le week-end, c'est tout ce que tu mérites ! criait-il de plus belle.

Il frappa de nouveau la porte avec la bouteille qui se brisa soudain.

Fou furieux, il donna un grand coup de pied dans la porte creuse, y laissant un trou profond.

Derrière, Laura ne fit soudain plus attention aux coups et cris. Elle se regarda dans une glace. Une grosse bosse apparaissait près de l'œil. Elle essayait d'imaginer une vengeance... et Nicolas ne serait pas épargné !

Madame Masne s'efforçait de calmer son mari.

– Fais pas tant d'histoires pour une bouteille !

– C'est pas pour la bouteille. M'en fous de la bouteille. Mais je ne veux pas que ma fille devienne une putain !...

et que tous les paumés du coin tournent autour d'elle ! Elle est trop jolie, cela devient dangereux. Un jour elle se retrouvera enceinte, tu verras !

– Mais on ne peut pas l'enfermer, gémit Madame Masne, désemparée.

– Eh ! non, mais on a fait une trop belle fille, poursuivit-il avec une pointe d'orgueil.

– Enfin, je crois qu'elle aura compris ce soir, qu'il ne fallait pas qu'elle couche comme ça, avec n'importe qui et sous notre toit encore !

– Si elle fait encore l'andouille, on la met en pension, voilà !

Monsieur Masne fut ravi d'avoir, en un mot, trouver une solution apaisante pour son petit esprit ! Le problème était réglé pour lui.

8

Décembre avait été marqué par l'apparition de quelques flocons de neige, poudre blanche et légère qui, en quelques instants, avait rendu le paysage uniforme et lumineux. Le froid avait, en une nuit, cristallisé les fines particules sur le moindre branchage et les arbres scintillaient au soleil en un éphémère spectacle.

La ferme des Vanbroucs semblait s'être assoupie confortablement sous cette douce couverture.

Justine y avait passé un dimanche assez agréable avec ses parents, Clotilde et Patrick. Nicolas s'était montré très taciturne.

– Mais qu'est-ce qu'il a ? s'étonnait Justine ; on dirait qu'il refait sa crise d'adolescence.

– On voudrait bien le savoir, répondit Olivier, depuis quelque temps, il n'est guère commode.

Justine dévisagea son frère pendant le repas. Il semblait fatigué et très nerveux.

Aussitôt qu'il le put, il quitta la table et sortit avec ses neveux.

Chaussés de grosses bottes, le bonnet enfoncé jusqu'aux yeux, les deux enfants avaient découvert la neige, ses milliers de cristaux accrochés à la laine des moufles. Aidés de Nicolas ils avaient ramassé tout ce qu'ils pouvaient, pour faire un énorme bonhomme de neige qui ne put, en réalité, qu'être une grosse boule informe et grise. La couche était trop mince et dans le pré jouxtant la ferme, ils avaient imprimé de grandes traînées verdâtres en roulant une boule qu'ils espéraient vainement voir grossir.

Une carotte, une vieille casquette d'Olivier Vanbroucs et un bout de bois, servant de pipe, donnèrent cependant l'illusion aux enfants d'avoir réalisé une grande œuvre d'art.

Le petit Julien, titubant en une marche encore bien maladroite, riait aux éclats, en touchant cette étrange matière froide et mouillée.

Nicolas le tenait par la main, et découvrait avec étonnement, qu'un gosse pouvait faire autre chose que manger, brailler ou dormir !

Clotilde les avait fait déjeuner avant les adultes, et les enfants profitaient de la longueur du repas dominical des parents pour s'aérer au soleil tiède et pâle, avant la sieste. Nicolas était heureux d'avoir trouvé le prétexte de la surveillance pour éviter la conversation des adultes. Il craignait en permanence le dérapage vers le secret qu'il partageait avec ses parents.

Justine avait félicité sa sœur, pour ce troisième enfant annoncé. Elle l'avait fait gentiment, mais sans aucune conviction. Elle en avait plus qu'assez des questions purement féminines qu'elle vivait professionnellement, et souhaitait par moment prendre le large !

Clotilde était rayonnante, les traits cependant un peu tirés. Elle avait un visage plus fin que celui de Justine et le teint mat, sans tache de rousseur. Ses cheveux étaient blonds, mi-longs et raides, coupés au carré. Son début de grossesse se laissait à peine deviner car elle portait un jean recouvert d'un gros pull aux motifs bigarrés.

Patrick et elle paraissaient toujours aussi amoureux. Mais les gestes qu'ils avaient entre eux, témoignaient d'une vie commune attentive aux besoins de l'autre. Lui, avait une allure sportive et le regard enjoué. Justine, en le dévisageant discrètement, se surprit à penser qu'il devait faire bon vivre avec lui.

Elle s'était tout de même inquiétée de la santé de sa sœur.

– Tu as l'air crevée, cela se passe bien ce début de grossesse ?

– Oh ! normalement, répondit Clotilde en haussant les épaules ; ce n'est jamais bien agréable au début : les nausées, le besoin de dormir, le travail à maintenir, les enfants dont il faut s'occuper. Heureusement, Julien a dû comprendre, car il fait toutes ses nuits maintenant. Cela fait du bien !

– Comment vas-tu faire à la naissance ? Tu continueras à travailler ?

– On y réfléchit beaucoup avec Patrick. J'aime mon boulot, ce contact avec les clients, et tout ce qui touche les articles de sport. D'autre part, il est indispensable de pouvoir s'occuper tranquillement et soi-même des enfants et le travail dans une maison n'est pas désagréable, en dehors du ménage ! Je crois que je vais arrêter de travailler quelque temps, cela vaut la peine et c'est aussi intéressant de bien faire son boulot de mère que de tout louper en multipliant les activités. Je reprendrai le travail plus tard... et puis c'est super de s'occuper de ses enfants !

Justine l'interrompit.

– Moi, je ne vois pas comment j'arriverais à m'occuper de gosses en plus de mon boulot !

– On y arrive toujours, surtout si on fait un travail passionnant, répondit Clotilde, mais tout dépend des horaires, qui ne correspondent pas forcément à ceux des classes ou de la garderie. Il faut une grande souplesse, sinon, c'est horriblement stressant. Ce sont les enfants qui, de toutes façons, sont la priorité... une rougeole et crac, impossible de le mettre en crèche par exemple. Et la nature est ainsi faite, que l'enfant réclame sa mère en priorité, même s'il est très attaché à son père... c'est sans doute physique !

– Mais tu ne vas pas rester dans les couches et les biberons pendant des mois ?

Justine s'imaginait, en frissonnant, au milieu d'une marmaille hurlante, sale et affamée.

– Il y a plein de choses à faire avec les enfants, c'est passionnant, et j'aimerais pouvoir toujours rester avec eux, mais malheureusement il me faudra quand même travailler à l'extérieur dans quelque temps, car ils coûtent chers ces chéris et les petites prestations que l'on reçoit ne pèsent vraiment pas lourd tu sais ! L'Etat ne nous aide pas !

– Sans doute, mais c'est un choix personnel que tu as fait d'avoir des enfants ! L'Etat n'y a aucune responsabilité, n'a pas le devoir de te donner de l'argent pour te faire plaisir !

– Je sais bien que c'est un choix, répondit Clotilde fermement et nous ne l'avons pas fait pour l'Etat.

N'empêche que mes enfants consomment, créent des richesses et des emplois. L'Etat veut qu'il y ait des créations d'emplois pour lutter contre le chomage, alors, logiquement il doit aider aussi la famille.

– Je ne suis pas d'accord. Ton gosse sera un chômeur de plus, s'exclama Justine.

– Réfléchis un peu, petite tête ! Qu'est-ce qui se passe pour un gosse ? Il faut une maternité avec son personnel, ses structures, son équipement, tu en sais quelque chose. Il faut des couches, des vêtements, de la nourriture, etc. Il faut des crèches, des écoles, des facs, des profs, des médecins, des installations sportives, des loisirs, des biens d'équipements... et la plupart de ces choses, principalement quand l'enfant est petit, sont des produits de proximité: le produit étant aussi bien la pomme de terre de papa, que le maçon qui construit la maison qu'il nous faudra pour mettre toute notre nichée ! A quoi servent toutes les structures d'un Etat si ce n'est pour veiller au bien-être des citoyens, donc des familles ? Chacun est issu d'une structure familiale et crée une autre structure familiale. Le premier boulot de l'Etat est de s'occuper des gens, dans ce qui est le fondement de leur existence : leur famille.

– Je ne pense pas à tout ça, dit Justine, en s'énervant un peu, et je ne crois pas non plus que les gens y pensent en ayant des enfants.

– Bien sûr que non, c'est l'Etat qui doit être conscient de tout cela. Notre famille, nous la créons. Nous avons choisi d'avoir plusieurs enfants, parce que c'est tout simplement merveilleux ! Regarde Eulalie et Julien : nous nous retrouvons déjà en eux. Tu sais, je te souhaite de connaître ce bonheur-là, un jour. Tu verras, tu ne le regretteras pas. C'est un merveilleux cadeau que l'on se fait ; un petit bout de chou qui vient de l'un et de l'autre, qui est de moi et de lui.

Elle se caressa le ventre, doucement.

– Qui sera-t-il celui-là ? Quel est son mystère ?

Elle sourit à Justine qui se sentit complètement désarmée devant sa sœur.

Le repas était terminé depuis longtemps et elles discutaient, enfoncées dans les gros coussins des fauteuils.

Christiane Vanbroucs préparait le café, écoutant discrètement la conversation de ses filles. Elle les regarda à la dérobée avec tendresse. Qu'elles étaient différentes toutes les deux !

Les hommes étaient partis chercher les enfants et on entendait les cris de joie et de contestation mélangés, de ceux qui se seraient bien encore amusés des heures, dans la neige fondue qui devenait noirâtre en s'imbibant de la terre du pré.

Sales, trempés et les joues rougies par le froid, ils étaient tout heureux de cette situation extraordinaire et n'avaient guère envie d'aller au lit.

La poigne ferme d'Olivier Vanbroucs et de Patrick Léandre eut vite fait de stopper leur faible résistance. Eulalie et Julien se retrouvèrent bientôt au fond de lits de bois aux hauts barreaux qui leur supprimaient toute velléité de fuite possible.

Fatigués, ils se nichèrent sous la couette mœlleuse. La chambre était dans la pénombre. Julien chercha sa «fouffe» qu'il mit en boule dans sa main, tandis qu'il se mit à sucer goulûment son pouce qui avait encore un petit goût d'herbe et de terre mouillées. A plat ventre, la tête sur le côté, et le derrière en l'air, gonflé par l'épaisseur de la couche, il s'endormit.

Des myriades d'étoiles blanches dansaient sous ses paupières closes.

– Qui fait un tour dans la campagne avec moi, demanda Justine, tu viens Nicolas ?

– Bof, je n'en ai pas tellement envie.

– Allez viens, je voudrais tirer quelques photos, c'est mieux d'être accompagnée.

– Bon, d'accord, bougonna Nicolas.

Ils prirent un petit chemin qui longeait les champs derrière la ferme et s'enfonçait vers les bois marécageux. Une légère brume de givre s'accrochait aux branches des arbres. La terre était froide et dure. Par endroits, des flaques gelées craquaient sous leurs pas, se transformant en une multitude de cristaux brillants. Justine vérifia son appareil.

– Montre un peu ce que tu as comme marque, demanda Nicolas, toujours intéressé par la technique.

Il examina un instant l'appareil photo.

– Ben dis donc, tu dois en faire de belles photos avec ça ! Je croyais qu'une infirmière ne gagnait pas bien sa vie ! continua-t-il pour chicaner sa sœur.

– Je dépense tellement pour les photos qu'il ne me reste plus grand'chose à la fin du mois. Mais c'est reposant et passionnant... Tiens regarde, dit-elle en prenant Nicolas par le bras, regarde cette lumière, cette brume qui s'étire comme un voile, cette blancheur de la neige... c'est super. Tu ne trouves pas ?

– Tu veux que je te prenne en photo ? Avec ta tenue cela peut être réussi.

Nicolas regardait Justine. La couleur de ses cheveux roux, épars sur ses épaules, se confondait avec celle de ses vêtements aux teintes rouille.

– Je parie que tu n'as pas beaucoup de photos de toi !

– Euh, si pas mal !

– Ah ! oui, c'est de ton amoureux !

– Qui cela ? demanda innocemment Justine.

– Ben, le type avec qui tu vis, il est dans la photo ou quelque chose comme ça, non ?

– Comment le connaîs-tu ? demanda-t-elle intriguée.

– Oh ! tout se sait, j'ai des copains qui t'ont vue avec lui, et moi aussi une fois. Et il avait une caméra en main.

– Tu l'as dit aux parents ?

– Bien sûr que non ! Si tu n'en parles pas, ce n'est pas à moi de faire le mouchard, c'est ton affaire.

Justine était gênée de ces confidences avec ce frère qu'elle considérait encore comme le petit de la famille.

– Tu sais dit-elle, on s'apprécie beaucoup, et nous avons eu envie de vivre ensemble. Le temps de se connaître.

– Pourquoi ne vous mariez-vous pas ? Tu as l'âge, quand même.

– Nous n'en avons pas envie. Nous sommes bien comme cela. Tu sais le mariage, ce n'est qu'une convention.

– Peut-être, je ne sais pas, dit Nicolas en haussant les épaules. Mais quand je vois Clotilde, elle ne vit pas du tout comme toi, elle en a l'air heureuse, pourtant.

– Chacun son truc, répondit Justine.

Nicolas la fixait derrière l'objectif. Il prit quelques clichés.

– Et toi, dit-elle, tu as une copine ?

– Oh ! ça ! soupira-t-il

– Tu as un problème ? demanda Justine en souriant.

– Oh ! oui ! Une fille super mignonne, un vrai mannequin, gentille, intelligente, tout quoi !

– Où est le problème alors ?

– Elle est amoureuse.

– Et d'un autre que toi ? répliqua Justine.

– Non, justement, de moi.

– C'est parfait alors !

– Non, parce que moi, je l'aime bien, mais... ben je n'ai pas envie de coucher avec elle, quoi ! Pas maintenant, je ne me sens pas assez mûr pour cela. Du coup elle m'en veut !

– Tu es compliqué !

– Pas du tout. Les filles maintenant veulent aller trop vite.

– Il n'y a pas que les filles, je t'assure, dit Justine, je dirai même que c'est souvent le garçon qui veut avoir les relations sexuelles rapidement, et la fille se laisse faire.

Nicolas donna un coup de pied dans une motte de terre gelée qui resta entière et ne bougea pas du chemin.

– Toutes les relations sont gâchées avec ce besoin que l'on a de vouloir à tout prix, coucher avec l'un ou avec l'autre. On était bons copains, c'était sympa, et maintenant, je ne sais plus quoi lui dire, ni comment faire pour lui plaire sans qu'elle s'imagine aussitôt qu'il faille aller plus loin.

– Il te suffit de te laisser faire une fois; elle sera contente, tu lui auras montré que tu l'aimes.

– Tu ne comprends pas, je ne l'aime pas au point d'aller jusque là. J'ai besoin d'attendre, de sentir que cela peut durer entre nous. Je n'ai que dix-sept ans, nous avons tout le temps !

Justine sourit. Son frère témoignait encore d'un idéal de vie dû à sa jeunesse. Il changerait certainement dans les mois à venir, quand son corps se sera transformé davantage.

– Tu sais, dit Nicolas, je ne suis pas anormal, j'ai envie aussi d'elle de temps en temps, mais je me retiens, parce que je sens qu'il ne faut pas.

– Pourquoi tu dis qu'il ne faut pas, si tu en as envie ?

– J'ai sans doute peur d'être déçu parce que je mets la relation sexuelle à un trop haut niveau. Je voudrai simplement que ce soit l'aboutissement de mon amour pour une fille et pas le démarrage. Parce qu'une fois que l'on commence à s'aimer physiquement, tu ne crois pas que tout est différent ?

– Rien n'est plus comme avant c'est certain, répondit Justine.

– Alors j'ai raison ou pas ? demanda Nicolas

– Si c'est comme cela que tu sens les choses, pourquoi ferais-tu autrement ? Tu as le temps de changer.

– Je ne veux pas changer.

– Les filles te font peur ?

– Oh ! non, au contraire, mais une fille qui se précipite à toute allure dans mes bras, je me dis qu'elle fera peut-être la même chose avec d'autres. J'ai envie de me sentir unique en mon genre et surtout unique pour une fille qui, pour moi, sera aussi la seule.

– C'est utopique non ? reprit Justine.

Elle était étonnée des réflexions de Nicolas. De ce besoin de recherche d'un absolu, auquel elle n'avait jamais pensé.

Le chemin s'interrompait près des marécages recouverts de glace.

– Attention ne va pas plus loin, dit Nicolas, la glace est fragile ici, tu vas t'enfoncer.

– Par où peut-on passer ?

– Tu as envie de marcher encore ?

– On vient à peine de partir, et nous avons tellement discuté que j'en ai oublié de prendre mes photos.

– Alors, nous allons partir par là, dit Nicolas en pointant sa main gantée vers l'horizon, on va face au soleil, tu auras de beaux contre-jours rouges.

– C'est une bonne idée.

Ils partirent et leurs silhouettes se détachèrent bientôt sur la terre blanche des champs.

Ils revinrent deux heures plus tard. On entendit leurs rires éclater dans le silence ouaté de la campagne.

Christiane Vanbroucs sourit en les voyant entrer, hoquetant.

– Qu'est-ce qui vous arrive ?

Nicolas tenait Justine par le cou.

– Oh ! rien, au fond, elle est sympa ma sœur !

– Ce Nicolas, répliqua Justine en s'essuyant les yeux larmoyants, je me demande comment ses profs tiennent le coup avec un idiot pareil !

– Merci bien ! Je te revaudrais ça, traîtresse ! lui lança Nicolas.

– Vous pouvez arrêter de hurler tous les deux, chuchota Clotilde qui sortait de la cuisine, vous allez réveiller les enfants !

– Désolé, je monte faire mon travail de toutes façons. Merci pour la ballade, dit-il à Justine.

– Je te montrerai les photos.

– D'accord, à bientôt.

– Il a parlé un peu avec toi ? demanda Christiane à Justine. Depuis un moment, nous ne savons plus communiquer avec lui en dehors des repas et besoins de vêtements. C'est court.

– Il va bien, ne t'inquiète pas, ce n'est qu'un petit problème de cœur. A son âge, cela passera vite !

– Je n'ai jamais apprécié la mixité dans les classes, cela pose toujours des problèmes et les jeunes se distraient dans leurs études avec des questions qui ne sont pas de leur âge.

– Mais c'est normal à dix-sept ans d'avoir le cœur qui chavire pour une fille.

– Le cœur peut-être, mais il faut se méfier du corps, répondit Christiane Vanbroucs. Maintenant qu'on fait croire que les garçons et les filles doivent vivre ensemble dès le plus jeune âge, on arrive à des catastrophes. Tiens, pas plus tard qu'hier, continuait Christiane, j'ai appris que la petite Laurent, tu sais de la ferme d'en haut., eh bien, elle se retrouve enceinte cette gamine ! Seize ans, tu te rends compte ! Sa mère est catastrophée.

– Bof, avec la facilité de l'avortement aujourd'hui, il ne faut pas qu'elle garde cette grossesse, c'est tout, répliqua Justine.

– Quoi ? Christiane suffoqua. Mais cela ne se fait pas un avortement !

– Mais si, maman, cela se fait et c'est légal en plus. Elle ne peut être mère à son âge. C'est normal de lui éviter cela.

– Justine, ce n'est pas parce qu'il y a une loi autorisant un acte mauvais qu'il faut accomplir cet acte, répliqua fermement Christiane.

– Tu crois peut-être que c'était mieux quand les filles se faisaient avorter dans n'importe quelles conditions, au risque de leur vie ?

– L'avortement lui-même est mauvais, c'est une vie que tu supprimes dans cet acte, qu'il soit bien fait en milieu hospitalier, ou mal fait c'est pareil pour l'enfant que l'on tue.

– Ce n'est pas pareil pour la mère qui en sort en bonne santé, ou traumatisée à vie physiquement et psychologiquement si elle s'est fait tripoter par n'importe qui, n'importe comment, répliqua Justine.

La mère et la fille se regardaient droit dans les yeux, conscientes soudain du gouffre d'incompréhension qui existait entre elles.

– Je sais bien Justine, que ce que tu vois à l'hôpital tous les jours peut fausser ton jugement. Mais un enfant c'est sacré, c'est une vie qui ne nous appartient pas, et vous, le personnel médical, vous devez sauver ces vies et non les supprimer ; c'est quand même votre premier devoir, votre travail de tous les jours.

– Bien sûr, maman, mais j'ai l'impression que tu ne comprends pas ce qui se passe aujourd'hui.

– Il se passe la même chose que de tout temps. Un enfant n'est pas forcément désiré, attendu, mais il est lui, il ne nous appartient pas. Et combien d'enfants non désirés sont aimés et heureux ! La grande différence dans notre société d'aujourd'hui, c'est la puissance médicale et législative qui a le droit de vie ou de mort sur les plus petits. Et ça, Justine, c'est merveilleux dans beaucoup de cas et c'est moche, vraiment moche dans ces avortements.

– De toutes façons, pour cette petite, ce n'est pas ton problème, c'est elle qui décidera et la raison pousse à l'avortement.

– Parce que tu crois que c'est raisonnable et qu'une enfant de cet âge peut décider toute seule, elle n'est pas libre. Elle est mineure et sera obligée de faire ce que ses parents décideront pour elle. Elle subira cet avortement comme une profonde blessure... De quoi perturber profondément quelqu'un !... Ah ! c'est dur d'expliquer tout cela Justine, mais je sens tellement au fond de moi, cette répulsion pour cet acte aussi bas et lâche qu'est l'avortement que jamais je ne l'admettrai, pour qui que ce soit et quelques soient les circonstances. Il faut aider les gens, y compris les enfants et non pas aider l'un au mépris de l'autre, que l'on tue.

La voix de Christiane s'étrangla. Elle ne voulut pas montrer à sa fille ses yeux noyés de larmes. A chaque fois qu'elle parlait de cela, la révolte et sa grande sensibilité la perturbaient profondément. Elle se tourna vers l'évier et entrepris de laver plats et casseroles qui l'encombraient.

Justine ne savait plus quoi dire. Que ses parents lui paraissaient vieux jeu par moments ! Dans un doux cocon faits de principes anciens et rigides.

Elle reprit cependant.

– Mais maman, il faut être raisonnable, comment veux-tu qu'une fille de seize ans élève un enfant, à son âge ! C'est impensable, et ce n'est pas le rôle des grands-parents de le faire !

– Alors il est préférable de donner le petit à l'adoption, qu'il rende des parents heureux, mais qu'on ne le tue pas, ça non ! Et cette fille aura fait quelque chose de merveilleux quand même. Elle aura donner de la vie et du bonheur... sinon, elle vivra avec le remords, la mort et le déshonneur.

Justine soupira et se mit à essuyer la vaisselle. Elle ne voulait pas continuer à discuter, ne sachant trouver les arguments à opposer à sa mère.

9

La vie continuait régulièrement pour Justine. Son travail ne lui semblait pourtant pas monotone, même si les cas cliniques et les types d'interventions ne variaient guère. Chaque femme apportait avec elle une histoire, un style de vie ou une ambiance de famille bien différents. La moyenne des hospitalisations était courte : quatre à cinq jours et, de ce fait, les contacts n'étaient pas toujours faciles.

Justine avait souvent l'impression d'accomplir quantité de gestes techniques sans bien en comprendre la signification, ou du moins les tenants et aboutissants : curetages pour polypes, fausse-couche ou IVG, hystérectomie pour cancer ou fibrome, ablation du sein... tant d'interventions qui pouvaient n'être qu'une petite parenthèse dans la vie de la femme, ou s'avéraient le tournant vers un précipice d'angoisse et de souffrance.

L'équipe des externes changea en ce milieu d'année. Elle vit arriver les nouveaux avec plaisir, comme devant tous changements qu'elle aimait. En parallèle, toutes les infirmières appréhendaient à chaque fois cette cohorte de jeunes étudiants perdus dans des locaux inconnus. Par contre les stagiaires infirmières, elles, changeaient très souvent : tous les mois. Là il fallait être particulièrement vigilants et attentifs pour les encadrer et leur apprendre toutes les techniques dégrossies en cours.

Le nez plongé sur la liste de médicaments rangés dans de petites boîtes sur un chariot, Justine contrôlait ce qu'elle devait distribuer et ne fit pas attention à la personne qui approchait.

– Justine !

Elle se retourna, reconnaissant la voix.

– Clotilde, qu'est-ce que tu fais là ? s'exclama-t-elle en voyant sa sœur. Elles s'embrassèrent.

– Cela me fait plaisir de te voir dans ton univers. C'est superbe ici et tu es magnifique en blanc ! Cela fait très sérieux !

– C'est sérieux, grande sœur !

– Je vois.

– Comment se fait-il que tu sois là ? Tu viens voir quelqu'un ?

– Non, je suis venue en consultation pour le bébé, dit Clotilde. J'ai fait une échographie.

– Tout va bien ? interrogea Justine.

– Je ne sais pas, répondit Clotilde, les sourcils froncés, c'est pour cela que je voulais aussi te voir. Ils ont un doute. Il y a quelque chose qui les ennuie du côté du cœur et ils m'ont demandé de revenir dans quinze jours pour confirmer... je ne sais quoi.

Clotilde s'arrêta un instant et reprit.

– Je suis inquiète Justine, il y a peut-être quelque chose de grave, je voudrais savoir. Pourquoi ne disent-ils rien ?

– Sans doute les médecins préfèrent-ils attendre confirmation de leur diagnostic avant de dire ce qu'il y a. A quoi cela rimerait de t'inquiéter pour rien ?

– Ils m'inquiètent déjà ! Je crois que je ne vais pas dormir pendant quinze jours !

– Ecoute, je peux essayer de savoir. Je vais aller voir le médecin qui t'a fait l'écho, si tu le souhaites.

– Oh ! oui, dit Clotilde d'une voix triste. Excuse-moi, mais la fatigue et cette angoisse soudaine, c'est dur à supporter. J'ai besoin de toi.

Justine regarda sa sœur. C'était bien la première fois qu'elle lui semblait fragile, angoissée. Pour Justine, Clotilde était l'image même de la femme à qui tout réussit, sur qui on peut s'appuyer en permanence, forte dans les épreuves, si tant est qu'elle puisse en avoir.

Et soudain, cette «grande sœur» lui apparaissait tout autre. Cette troisième grossesse l'avait-elle brisée ?

Elle comprenait soudain combien les liens qu'elles pouvaient avoir entre elles étaient importants malgré leurs différences. Bizarrement, elle se sentit responsable de Clotilde.

– Ne t'inquiète pas, cela ne sert à rien. Au contraire, le bébé ressent toutes tes angoisses. S'il n'y a rien, tant mieux ; s'il y a quelque chose, de toutes façons on ne peut rien faire pour l'instant, si ce n'est surveiller l'évolution et surtout l'accouchement. Tu n'y es pas encore ! Tu es à quatre mois de grossesse, c'est ça ?

– Oui.

– On ne voit pas encore tout, à ce stade-là. Tranquillise-toi.

– C'est facile à dire, on voit bien que ce n'est pas à toi que cela arrive !

Une sonnette tinta en deux petits coups sourds, une lumière clignota au dessus d'une porte.

– Excuse-moi, dit Justine, ignorant la remarque acerbe de Clotilde, j'ai un appel, il faut que j'y aille.

– C'est moi qui suis désolée de t'avoir dérangée dans ton travail, dit Clotilde, je m'en vais.

– Tu peux compter sur moi, j'essaierai de voir le médecin qui t'a fait l'écho, aujourd'hui ou demain. Ah ! reprit Justine, soudain, Patrick est au courant ?

– Pas encore, il n'a pas pu venir ce matin. Et puis, cela devenait de la routine pour moi, je n'ai pas cru bon de le déranger. Tu crois que je dois lui en parler ?

– Je crois que si tu ne le fais pas, il va s'inquiéter devant ton angoisse qu'il ne comprendra pas. Parle-lui et qu'il t'accompagne la prochaine fois.

– Tu crois que c'est grave ?

– Comment veux-tu que je le sache ! Je t'appelle, promis.

La sonnette retentit de nouveau.

Elle s'embrassèrent avec affection.

Justine regarda sa sœur partir vers l'ascenseur. Il lui semblait que c'était la première fois qu'elles parlaient aussi franchement ensemble. C'était bon et douloureux en même temps.

Il y avait tellement de différences entre elles qu'il leur était rarement arrivé, étant petites, de partager les mêmes jeux et les mêmes amis. Elles se disputaient en permanence tout en éprouvant le besoin d'être ensemble. Une situation souvent explosive qui leur avait valu de nombreux séjours de punition dans une petite pièce sombre près de l'étable, où souris et araignées les effrayaient suffisamment pour que d'un commun accord, elles se réconcilient devant leurs parents... au moins un quart d'heure !

Son service terminé, Justine descendit en radiologie. Il y avait du monde dans la salle d'attente. Justine connaissait la secrétaire et put lui expliquer sa démarche.

– Ma sœur est venue en consultation ce matin. Elle a fait une écho et n'a pas bien compris ce qu'on lui a dit. Quel est le médecin qui travaillait ce matin ?

La secrétaire regarda son planning

– Le docteur Valembois.

– Lui ? Décidément, je ne le quitte plus ! Il est là cet après-midi ?

– Oui, tu essaies de l'attraper entre deux consultations, cela doit être bon dans quelques instants.

Peu après, Justine était dans la petite pièce où table d'examen, échographe et bureau, jouxtaient dans une demi-pénombre propice à la visualisation sur l'écran, des images échographiques.

– C'est gentil de me recevoir, je ne voudrais pas vous retarder dans vos consultations, dit-elle en s'asseyant.

– Il n'y a pas de problème, j'avais même un peu d'avance pour une fois, une patiente qui s'est décommandée. Qu'est-ce qui se passe, Justine ?

– Ce n'est pas pour moi, rassurez-vous, dit Justine en souriant.

– Cela ne m'inquiéterait pas !

– C'est pour ma sœur, que vous avez vue ce matin, une troisième grossesse. Clotilde Léandre.

– Ah ! oui, je n'ai pas fait le rapport avec vous. Vous êtes bien différentes !

– Oui, c'est elle qui m'a demandé de vous voir,

Qu'est-ce qui se passe ? Elle est folle d'inquiétude et m'a dit qu'il y avait un problème à l'écho. Elle veut des explications qu'elle n'a pas osé vous demander, vous pouvez m'en parler ?

– Si c'est elle qui vous le demande ! Effectivement il y a quelque chose qui me paraît bizarre sur le plan cardiaque; j'ai l'impression d'une malformation importante, mais je ne peux rien confirmer pour l'instant. Je voudrais l'avis du Professeur de Riessler et attendre quinze jours pour y voir plus clair.

– Et quelle est-elle, cette malformation ?

– Regardez, voilà les clichés.

Justine se pencha sur les photos noir et blanc.

– Cela ne me dit pas grand'chose. Il faut vraiment être spécialiste pour analyser tout cela !

Pierre Valembois pointa le bout de son stylo en divers endroits des photos.

– Là, là, ...

Il montrait des images où manifestement un spécialiste pouvait remarquer des troubles morphologiques importants.

– Quel est le pronostic pour l'enfant ?

– Si ce que je crois s'avère malheureusement exact, c'est très mauvais. L'enfant va se développer tout à fait normalement jusqu'à la naissance puisqu'il sera oxygéné par sa mère. Mais à la naissance, le cœur ne pourra remplir ses fonctions et il mourra rapidement en quelques heures.

– Ce n'est pas opérable ? demanda Justine en le regardant fixement.

– Certaines malformations le sont quand elles ne sont pas trop importantes. On opère l'enfant vers un mois minimum. Plus on peut attendre, mieux c'est. Ici, pour votre sœur, cela me semble vraiment grave.

– Mais alors qu'est ce qu'elle peut faire ?

– Rien. On ne peut rien faire.

– C'est un cas normal d'avortement ?

– Il y a toujours une marge d'erreurs possibles sur la gravité du cas.

– Je sais bien que vous n'aimez pas les IVG, mais on ne peut pas demander à une femme de poursuivre une grossesse encore cinq mois, alors qu'elle sait que l'enfant, qu'elle a en elle, mourra à la naissance. C'est inhumain, s'exclama Justine avec vigueur.

– Je sais, dit calmement Pierre Valembois, je sais. Mais je me rends compte de plus en plus, que ce qui est inhumain, c'est notre médecine scientifique : on détecte des tas d'anomalies, et on ne peut rien. Le choix que va sans doute devoir faire votre sœur, n'est-il pas au-delà des possibilités psychologiques humaines ? C'est nous qui sommes inhumains : «Voilà, Madame, votre bébé est anormal. Qu'est-ce que vous faites ? Vous le gardez ou pas ?» Comment une femme, dans la fatigue de sa grossesse, désemparée devant un diagnostic qu'elle ne prévoyait pas, très seule –car on est toujours seul dans la souffrance– et n'y comprenant souvent pas grand'chose, peut-elle être libre de son choix ? C'est tellement lourd à porter !

– Et l'enfant handicapé que l'on ne prévoyait pas, comme la trisomie, si l'amniocentèse n'a pas été faite ? Ou la mort du bébé à la naissance, alors que le berceau est prêt et qu'au lieu du bonheur c'est l'horreur qui arrive, vous ne croyez pas que c'est lourd à porter aussi ? Justine avait le visage dur et fermé.

– C'est très douloureux, mais il y a une chose importante dans ce cas-là : il n'y a aucune raison pour la femme de se culpabiliser. De toutes façons, c'est un drame, mais parfois, et je l'ai vu souvent, quand il y a IVG, dans le cas d'un handicap diagnostiqué, trop souvent la culpabilité survient après, parfois très longtemps après : «et s'il avait été normal ?» ou bien «on aurait pu l'aimer quand même ce petit !» Bien sûr, il y a des anomalies au diagnostic précis et catastrophique où la mort de l'enfant est absolument certaine.

– Mais vous pensez tout de même qu'il faut que les enfants au petit handicap vivent, même si les parents ne se sentent pas capables de les élever ? combien de couples craquent, combien de mères dépriment dans ces cas-là ?

– Je ne crois pas qu'un couple uni craque dans ces cas-là. Cela craque quand il y a déjà une fissure. Mais quand on a l'enfant dans les bras, la réaction est tout autre. Regardez le cas des petits trisomiques. On en a fait la figure de proue de l'IVG, comme si ces enfants représentaient un handicap épouvantable. Ils sont pourtant si affectueux, si faciles à vivre, malgré les soins et l'attention intenses qu'il faut leur porter.

– C'est facile à dire de l'extérieur, mais au quotidien, quel poids cela doit être, s'exclama Justine.

– Les autistes eux, sont beaucoup plus difficiles à supporter pour leur famille, répliqua Pierre. Et le diagnostic n'en a pas été fait en prénatal ! Quand on dit à une femme qu'elle attend un enfant atteint de trisomie 21, c'est normal qu'elle en rejette l'idée et qu'elle refuse cet enfant, c'est trop dur. Et pendant plusieurs mois, c'est une grande angoisse qu'elle va vivre pour un enfant qu'elle ne connaît pas, qu'elle n'aime pas –physiquement j'entends– et qu'elle imagine parfois comme un monstre. Il y a de quoi devenir fou par moments et je comprends que l'IVG paraisse être la solution pour certains.

– Ah ! vous voyez bien que l'IVG est indispensable dans ce cas de détresse !

– J'ai dit paraisse, car je suis certain que l'avortement ne peut être une solution. Ces petits sont des enfants, on n'a pas le droit de juger de la valeur de leur existence. J'ai vu des mères très choquées au moment de la naissance de leur enfant face à un handicap... les pères encore plus quelquefois ! Mais toute leur tendresse et leur amour pour ces petits sans défense, a rejailli au moment de la tétée ou quand ils se nichent en boule dans leurs bras.

– Pour les mères peut-être, car il y a un certain instinct maternel, mais pour le père, cela doit être rudement difficile. Enfin, continua Justine, tous ces diagnostics prénataux servent quand même à quelque chose !

– Bien sûr, qu'ils servent ! heureusement ! On peut détecter beaucoup de souffrances fœtales, particulièrement en fin de grossesse où il est possible d'agir très vite. On sauve ainsi de nombreux bébés et leurs mères. C'est merveilleux. Le risque, avec les amniocentèses et les échographies, c'est de déterminer avant la naissance, la normalité d'un embryon, d'un enfant. On dérape alors très vite vers la tentation de l'eugénisme, c'est-à-dire le choix d'enfants que l'on croit bons et le rejet des autres.

– Ce n'est pas de l'eugénisme, c'est normal de ne pas mettre au monde des enfants qui vont souffrir ou faire souffrir leur entourage, interrompit Justine.

– Personne n'a le droit d'être juge de la qualité de vie d'un autre, sauf pour lui venir en aide. Le génocide des enfants mal formés est identique au grand génocide d'Hitler.

– Votre attitude est hypocrite, et c'est de la faiblesse.

Pierre essayait de garder son calme face à la réaction de Justine : une réaction tellement banale, basée sur des impressions primaires.

– Je crois plutôt que la faiblesse est de supprimer ceux que l'on ne peut soigner, en se retranchant derrière un voile de philanthropie. Les fœtus, les handicapés n'ont pas la parole ni le pouvoir.

Le téléphone sonna soudain.

– Excusez-moi, dit Pierre à Justine, en décrochant l'appareil.

– Allo ! Oui... oui... quelle température a-t-elle ? sa tension ? Est-ce qu'il y a eu un bilan fait récemment ? Bon, vous le faites en urgence et j'arrive.

Il reposa l'appareil.

– On vous appelle ? demanda Justine.

– Oui, une malade qui fait une grosse température inexpliquée, je vais aller la voir. Mais je voudrais encore vous dire quelque chose. Dans tous ces problèmes d'anomalies fœtales, on doit absolument se méfier de deux choses : la certitude absolue d'un diagnostic entraînant un choix thérapeutique irrémédiable, un mot inadapté en cas d'IVG. Nos techniques évoluent, elles sont de plus en plus performantes, mais l'erreur est toujours possible. La seconde chose dont il faut se méfier, c'est que le corps médical se décharge sur la conscience des gens de la responsabilité de ses actes: des parents sont souvent incapables de pouvoir prendre toutes les décisions en connaissance de cause, ils sont obligés de se fier aux dires du médecin et de lui faire confiance.

– Qui, de toutes façons réussiraient à prendre une décision en toute connaissance de cause ? il y a toujours des mystères.

– Vous avez tout à fait raison, et vous voyez, quand il n'y a pas de diagnostic prénatal, dans les cas d'anencéphalies, de spina-bifida, de trisomie 18, l'enfant meurt souvent en cours de grossesse ou à la naissance. C'est affreux pour les parents, mais ils ont vécu une grossesse sans souci. Dans ces cas-là aujourd'hui, on sait très tôt que l'enfant n'est en général pas viable, et on est tenté d'interrompre tout de suite une grossesse plutôt que de laisser la mère s'épuiser neuf mois avec un enfant quasiment mort en elle.

Justine écoutait le Dr Valembois. Toutes ces questions lui étaient apparues jusqu'alors purement théoriques. Elle découvrait soudain avec angoisse que toute sa conception des grossesses normales, des enfants dits «normaux" était bousculée à cause de Clotilde. Elle l'avait vue tellement heureuse de l'attente de ce petit troisième, elle admirait ses deux neveux qu'elle trouvait les plus mignons qui soient. Comment était leur petit frère ou petite sœur ? Etait-ce une sorte de monstre sans cœur qui mourrait aussitôt qu'il verrait le jour ? Etait-ce un enfant comme les autres, luttant pour s'oxygéner et que l'on pourrait sauver ? Le diagnostic du médecin était-il juste et fiable, même avec l'aide du Patron ?

Pierre regardait Justine. Le silence régnait dans la petite pièce.

Pierre sourit et emprisonna de sa main chaude celle que Justine avait posée sur la table.

– Vous savez, je vous comprends très bien, même si je ne partage pas la même conception des choses. Je veux pouvoir, en toutes circonstances, garder ma liberté et aider les autres à conserver ou à acquérir la leur. Dans ces cas de diagnostics anténataux, notre grande liberté est dépendante de notre humilité vis-à-vis de la technique médicale. Nous sommes vraiment libres quand nous comprenons que nous n'avons pas tous les pouvoirs en main. Nous ne sommes pas seuls décideurs : il y a l'enfant, les parents, les médecins et je dirais une certaine providence sous la forme du mystère de la vie et du fonctionnement du corps. Nous ne sommes pas maîtres de la mort, même si nous savons la retarder... ou la provoquer. De même, nous ne sommes pas maîtres de la vie, même si nous savons la provoquer... ou la supprimer.

– La femme reste libre tout de même ! dit Justine en s'entêtant.

– Dans une certaine mesure, bien évidemment. Mais si l'homme peut être maître d'une machine qu'il a conçue et fabriquée, ce n'est pas la même chose avec le corps humain qui n'est pas une machine. Ce corps bouillonne de mystères. Il nous faut prendre le temps de l'observer et nous mettre à son service. Moi, insista Pierre, je veux donc garder toute ma liberté vis-à-vis de tous choix thérapeutiques, et je veux la liberté surtout pour la femme. Elle ne peut être libre si elle est abandonnée dans sa détresse, étant enchaînée à une décision douloureuse qu'elle ne peut comprendre entièrement.

Justine soupira. Elle sentait le contact tiède sur sa main et en éprouvait un certain bien-être. Elle n'osait bouger.

Pierre se leva, enfin, ne se rendant pas compte du trouble qu'il avait provoqué chez Justine.

– Il faut que j'aille voir cette malade et que j'enchaîne mes consultations, dit-il. Décidément, nous avons toujours des conversations très sérieuses ensemble ! continua-t-il en esquissant un sourire. Il faut dire que le cas de votre sœur n'est pas simple et pourtant il est, sinon fréquent, je dirai assez habituel.

– Que puis-je lui dire ?

– Pour l'instant, pas trop de choses. Dites-lui qu'il est habituel, quand il y a une image douteuse, de refaire un contrôle avec un deuxième médecin. L'imagerie médicale n'est pas toujours facile à analyser. Si le diagnostic se confirme, elle aura eu un peu de temps pour s'y préparer psychologiquement. Qu'elle vienne avec son mari, c'est important pour eux deux.

– C'est ce que je lui ai dit.

– Je ne vous aide pas beaucoup pour l'instant. Voulez-vous que je lui téléphone ?

– Oh ! je crois que cela l'inquièterait, car ce n'est pas l'habitude des médecins hospitaliers !

– Oh ! pourquoi pas ! Mais c'est comme vous le voulez. Je montre de toutes façons les images au Professeur de Riessler, le plus vite possible et je vous tiens au courant.

10

L'air était froid et sec. Les feuilles mortes étaient toutes d'une même teinte grisâtre. Elles avaient composé un tapis qui craquait sous les pas en laissant échapper de fines particules fanées de ce qui avait été une belle parure de l'été. Le chêne, le saule, l'érable ou le peuplier avaient déposé sur le sol un jeu de formes multiples et changeantes que le vent, mutin, s'amusait à modifier sans cesse.

Justine et Guillaume, les pieds chaussés de joggings, à l'aise dans un chaud survêtement, couraient calmement sur un petit chemin de la forêt de Phalempin. Justine avait attaché ses cheveux en une queue qui se balançait de droite et de gauche au rythme de sa foulée. Une grande écharpe blanche flottait derrière elle. Guillaume soufflait violemment et réfrénait son allure pour s'harmoniser avec celle de Justine.

– On coupe par là ? dit-il en désignant la futaie ; on pourra ainsi rejoindre la clairière par le sentier du Leu Pindu.

– D'accord !

Ils s'engagèrent entre les hauts arbres, leurs silhouettes traçant un sillon de couleur à travers l'épaisseur des feuillages.

– Dis, qu'est-ce que cela veut dire : Leu Pindu, demanda Justine.

– C'est le nom de l'endroit où l'on pendait les loups dans le temps, quand ils avaient été très méchants. Les hommes les punissaient selon des procédures juridiques précises.

– C'est marrant qu'on attribue ainsi à des bêtes une qualité humaine en les punissant de leurs méfaits.

– C'était peut-être pour montrer l'exemple aux hommes qui faisaient des bêtises !

Ils s'arrêtèrent de parler, pour ne pas rompre la course. L'air était pur et le sol dégageait une odeur âcre de moisissure.

– Regarde ! s'exclama Justine. Chut !

Elle força Guillaume à stopper en le retenant par le coude. A quelques mètres d'eux, une biche et son faon déchiraient les brindilles d'écorce d'un arbre. La biche leva soudain la tête, et un court instant devint comme une statue. En un éclair, ils fuirent tous les deux, disparaissant dans la profondeur de la forêt.

– Ils ont dû nous entendre ! Dommage.

Les joues roses, l'haleine chaude en petit nuage sortant de sa bouche, Justine reprit sa respiration. Guillaume la regarda. Il sourit, il était heureux.

– On continue ? pas trop fatiguée ?

– Non, non, cela me fait perdre toute la graisse en trop.

Guillaume haussa les épaules. Il la trouvait déjà si mince et menue !

Ils continuèrent ainsi, en souplesse et sans forcer. Ils rejoignirent bientôt une clairière où plusieurs voitures stationnaient, ayant déposé leur lot de coureurs du dimanche, assoiffés de sport et d'air pur, et qui se transformaient parfois en véritables martyrs, au faciès décomposé par l'effort.

Ils s'arrêtèrent et se penchant, firent plusieurs mouvements respiratoires. Guillaume s'essuya la figure avec un mouchoir.

Justine observait les gens aller et venir. Un homme la dépassa à vive allure, il la regarda, continua et soudain se retourna vers elle, mettant fin à sa course.

Elle le suivit des yeux, puis son visage s'éclaira.

– Oh ! bonjour !

Il s'approcha d'elle

– Bonjour Justine. C'est amusant de se retrouver ici, je ne vous connaissais pas ce goût pour le sport et la forêt.

– La réciproque est vraie ! Mais courir est tellement agréable ici ! Ce n'est pas un grand sport !

– Parlez pour vous, vous êtes toute en muscles, moi, pouf ! Je suis complètement rouillé et je viens de m'y remettre ! C'est rude ! Mais comme je souhaite me remettre aux sauts en parachute, il est préférable de muscler les mollets !

Elle se rendit compte soudain que Guillaume était derrière elle et écoutait l'échange sans rien dire.

– Oh ! excusez-moi, je ne vous ai pas présentés : Guillaume Mantel, un ami – le Docteur Pierre Valembois avec qui je travaille à l'hôpital, dit-elle en regardant successivement l'un et l'autre.

– Enchanté, dit Pierre Valembois à Guillaume.

– Bonjour. J'ai en effet entendu parler de vous à propos de la sœur de Justine, répondit Guillaume.

Il trouva facilement un sujet de conversation :

– Où faites-vous vos sauts en parachute ?

– A Bondues ou à Maubeuge.

– Cela m'intéresserait bien de filmer des sauts, mais je ne sais pas si j'oserais m'y risquer moi-même !

– Cela n'est pas très difficile, répondit Pierre en souriant, c'est vrai que certains instants sont assez angoissants, quand on est au bord de la porte de l'avion et qu'il faut s'élancer dans le vide, mais une fois sorti de l'avion, c'est le rêve ! Le seul bruit du vent qui vous frappe, le poids de son corps dans le vide... plus rien n'est pareil. Cela dure très peu de temps, mais je crois que ce sont les secondes les plus longues d'une existence !

– Qu'est-ce qui vous a tenté dans ce sport ? demanda Guillaume.

Il était très intrigué par la personnalité de ce jeune médecin.

– Sans doute de vouloir me prouver que j'aurais assez de volonté pour dominer une situation difficile. C'était très orgueilleux de ma part, mais maintenant j'y ai pris goût, et je continue par plaisir.

– Dites, il fait froid ! s'écria Justine en interrompant les deux hommes. Surtout n'arrêtez pas de courir pour nous, continua-t-elle en s'adressant à Pierre, vous aurez encore plus de mal à reprendre ! Nous avons terminé et il faut se couvrir, le temps est vraiment froid et nous sommes en transpiration. A bientôt !

– Oui, et si vous voulez faire un reportage, dites-le-moi, dit-il à Guillaume, il y aura certainement moyen de s'arranger avec le club.

Pierre regarda sa montre.

– Oh ! la ! je dois me dépêcher, ma petite femme m'attend, elle ne peut plus m'accompagner en ce moment !

– C'est vrai, vous nous aviez dit qu'elle était enceinte, c'est pour quand ? demanda Justine poliment sans s'intéresser à la réponse.

– Encore un mois et demi. Ah ! dit Pierre Valembois au moment de se relancer, j'aurai plus de renseignements pour votre sœur demain... au revoir !

Il s'éloigna. Justine le regarda et s'aperçut que c'était la première fois qu'elle l'observait. Il était grand, élancé, d'une démarche souple. Elle l'avait toujours vu avec sa blouse blanche, préoccupé par ses malades. Trop sérieux, se disait-elle. Trop médecin peut-être. Elle ne s'était jamais imaginé sa vie privée. En le regardant courir elle eut l'impression de violer son intimité et s'en sentit ridiculement gênée.

– Ouh, ouh ! Justine, s'écria Guillaume, tu rêves ? Tu as fini de contempler ce bel étalon ? Je vais être jaloux !

– Tu es bête, dit-elle en se retournant et en riant. Je ne contemple pas un bel étalon –mais c'est vrai qu'il est beau pensa-t-elle– je médite sur les deux facettes d'un même homme : le jeune médecin très réfléchi, très attaché à la morale, à une haute conception de son métier... et un peu casse-pied par moment ! et le jeune futur père sportif, un peu casse-cou avec son parachute et qui court le dimanche matin. Je me demandais simplement comment il vivait en dehors de l'hôpital.

– C'est vrai qu'il te fait toujours réfléchir celui-là ! Il aurait dû être psychanalyste. Il aurait fait des merveilles ! A chaque fois que tu médites, c'est à cause de lui ! Tu ne t'en es pas rendu compte ?

Guillaume ricanait un peu.

– Euh... c'est peut-être vrai. Il y a des gens comme cela ! Avec certains on rit, on ne dit que des bêtises, avec d'autres on devient sérieux. Tu n'as pas remarqué, continua-t-elle, comme une catégorie de personnes peuvent dégager des ondes négatives ou positives. Je t'assure que je m'en suis rendu compte plusieurs fois. Avec certains on est toujours bien, on a envie de se battre, d'aller de l'avant, de voir la vie du bon côté. Avec d'autres, c'est la démoralisation la plus complète: tout va toujours mal, rien ne peut s'arranger... bref la vie est désespérante et avec eux on ne peut aboutir à rien de bon !

– J'espère que je dégage des ondes positives, parce que moi je ne demande qu'à être aimé, enchaîna Guillaume en la prenant par la taille. Et l'amour, c'est toute la vie, la belle vie !

Ils partirent tranquillement vers leur voiture bras-dessus, bras-dessous. Justine s'amusait à soulever les feuilles du bout des pieds. Un petit ruisseau serpentait près de la route et le soleil lui donnait les reflets argentés d'un serpent qui ondulait en disparaissant sous les feuillages.

Ils retirèrent leurs chaussures boueuses, enfilèrent un gros anorak et croquèrent des biscuits, tandis que Justine versait un peu de café tenu au chaud dans un thermos.

Guillaume prit son appareil photo et tira quelques clichés, tandis que Justine, appuyée au capot de la voiture, dégustait à petites gorgée le liquide brûlant, et contemplait, rêveuse, les allées du bois.

11

Cela faisait quinze jours que Carole Maréchal avait atterri chez Pierre et Magali Valembois. La première nuit avait été bien difficile pour elle, dans cet appartement qui lui était étranger au milieu de ses amis qu'elle ne reconnaissait plus. Depuis cinq ans, rien d'extraordinaire pourtant n'avait eu lieu, mais le quotidien, avec son lot de multiples choses insignifiantes, avait creusé un profond sillon entre leurs existences.

Pierre et Magali étaient couchés depuis longtemps tandis que Carole errait encore dans le séjour, fascinée par les photos des pêle-mêles accrochés aux murs. Elle était subjuguée par la beauté de Magali enfouie sous les voiles blancs du mariage, par toute cette famille inconnue qui riait, se promenait, buvait ou s'enlaçait au gré des photos... une famille... des amis... un monde qui n'était pas le sien. Ses photos à elle, la représentaient toujours seule, toute de noir vêtue, le violoncelle entre les bras. Le noir habituel des musiciens lui parut soudain comme un signe de deuil, deuil d'une vie de joie à laquelle on renonce volontairement, deuil d'une famille que l'on ne peut entraîner dans son sillage... deuil de son amour. Un sentiment bien étrange, car sa musique était la seule chose qui la raccrochait à la vie et qui lui procurait parfois une joie si profonde.

Les jours suivants, Carole avait beaucoup dormi, enfouissant dans les brumes du sommeil toutes ses angoisses. Elle avait décommandé quelques concerts qui devaient avoir lieu quinze jours plus tard, invoquant, par téléphone, de gros problèmes de santé et prétextant à Magali son manque de répétition pour affronter un public toujours très exigeant.

Les deux amies avaient peu à peu raccroché le fil de leur jeunesse, se rappelant les chahuts, les professeurs et leurs défauts, les copains partis sur de multiples chemins.

– Tiens, tu sais ce qu'est devenu Monsieur Torin ? demanda Carole

Monsieur Torin les avait beaucoup aidées lors de la découverte de la maladie de Stanislas, il avait été au- delà de son rôle de professeur dans une réelle amitié que ni Carole ni Magali ne pourraient oublier.

– Je l'ai revu il y a un an, lors de notre messe de mariage. Attends, dit Magali, je crois avoir des photos où on le voit.

Elle prit un gros album et tourna de nombreuses pages où Carole ne vit que des visages inconnus et des personnages habillés. Soudain, elle arrêta Magali dans sa recherche.

– Et là, c'est ton grand-père ?

– Oui, il est superbe, n'est-ce pas ? répondit Magali.

– Quel âge a-t-il maintenant ?

– Quatre-vingt-six ans, mais je t'assure qu'il ne les fait pas du tout. Tu ne peux savoir à quel point il est encore «branché» sur tout, et je n'hésite pas à lui demander conseil sur des questions juridiques ou historiques que je ne comprends pas trop.

– Je l'aime bien ton grand-père, tu en as de la chance ! dit Carole en soupirant.

– Tu sais qu'il n'habite pas loin d'ici, et qu'il est ravi quand il peut partager un repas avec nous. Il adore les petites vieilles en charentaise de sa maison de retraite, mais cela lui fait du bien de sortir de temps en temps. Si on l'invitait dimanche prochain, qu'est-ce que tu en penses ? Tu seras encore ici ?

– Cela me ferait un immense plaisir de le voir, tu penses ! Et si cela ne t'encombre pas trop, je suis très contente de rester encore un peu avec vous... mais je ne veux pas troubler votre intimité.

– Oh ! ne t'inquiète pas ! Je crois que cela fait autant plaisir à Pierre qu'à moi de t'avoir parmi nous. Quand tu nous ennuieras, on te mettra à la porte, promis !

– Merci, tu es vraiment sympa avec moi ! Je ne sais même pas ce que je peux faire pour te remercier.

– Comme le dit Pierre : manger, boire, dormir, sourire... bref retrouver ta vitalité d'antan. Bon, alors c'est d'accord, je vais lui téléphoner et tu m'aideras à faire la cuisine.

Magali continuait à feuilleter l'album de photos, quand une idée lui traversa l'esprit.

– Dis, s'il fait beau, pourquoi n'irions-nous pas faire un tour sur la côte ?

Carole haussa les épaules. Elle ne voulait plus rien en particulier, si ce n'était se laisser faire.

– Cela ne va pas fatiguer ton grand-père ?

– Il adore cela ! On pourrait aller à Wissant. Tu connais ?

Ouf ! Pas le Touquet, se dit Carole.

– Je connais à peine.

– C'est une petite plage entre le cap Gris-Nez et le cap Blanc-Nez. Un climat insulaire là-bas, c'est le royaume des véliplanchistes à cause du vent. Cela nous fera un bien fou de nous aérer un peu.

Elles continuèrent à regarder les photos, s'arrêtant sur certaines.

Magali tourna brutalement une page. Carole l'interrompit et revint en arrière.

– Attends, montre cette photo, je reconnais cet endroit. Où est-ce ?

– C'est l'abbaye du Frère Paul.

– Oh ! s'exclama Carole, le visage soudain triste, tu y es retournée ?

– Oui, cela n'a pas été facile la première fois, je ne pouvais détacher mes yeux du chœur, là... là où était Stanislas, sous les fleurs... et puis j'ai ressenti sa présence apaisante, la prière des moines était si belle... Sans se poser de questions, en me laissant faire, je n'ai plus eu peur de cette mort... c'était devenu tout autre. Et les moines sont si accueillants, on se croit dans leur famille. Frère Paul m'a souvent demandé de tes nouvelles, il serait si heureux de te revoir !

– Je veux l'oublier, mais tout me rappelle le passé, en permanence ! soupira Carole.

Magali se reprocha un instant d'avoir parlé de l'Abbaye, là où avait eu lieu l'enterrement de Stanislas. Mais ne fallait-il pas que Carole puisse exprimer tout ce qu'elle avait sur le cœur, qu'elle sache, par des rencontres, par l'expression de ses souvenirs, laisser échapper ce trop-plein de souffrance qui paralysait toute sa vie. Elle était empêtrée dans une toile d'araignée de regrets et ne pouvait s'en sortir seule.

Jean Casal aurait sauté de joie à l'idée de se promener avec Magali et Pierre, si ses rhumatismes lui en avaient laissé la possibilité. Il trembla d'émotion quand il sut que Carole serait avec eux.

Il vivait dans une petite maison de retraite depuis six ans et cela lui avait été bien difficile de quitter sa maison où il avait vécu si heureux avec sa Marie, disparue dix années plus tôt. Mais, philosophe et soucieux de ne pas ennuyer sa famille avec un «vieillard casse-pied», comme il le disait, il avait pris le parti de s'enfermer dans cette triste maison au milieu de tous ces vieux, attentif à garder son esprit libre et en perpétuel alerte : seule garantie de ne pas mourir idiot !

Ancien avocat, il avait conservé ce qui lui avait valu une excellente réputation : un sens analytique, très critique mais constructif, sur tous les événements de la vie. Il était très cultivé, passionné d'histoire, attentif aux hommes et à leurs idées.

Il était prêt avec une bonne demi-heure d'avance ce matin-là, guettant la voiture de Pierre au travers du voilage de la baie vitrée du hall d'entrée.

Les cheveux gris séparés d'une raie bien droite, la cravate à demi cachée par un gilet de laine, le costume un peu élimé mais bien repassé, il était légèrement appuyé sur la canne qu'il gardait toujours avec lui, par précaution après sa fracture du fémur. Il se sentait anxieux et excité à l'idée de revoir Carole. Il l'aimait beaucoup cette petite, même s'ils n'avaient pu se connaître bien longtemps. Amateur de musique, il suivait ses prouesses musicales, impressionné de tant de talent... et persuadé qu'elle avait trouvé en cet art la joie de vivre et l'oubli du drame qui avait bouleversé sa jeune existence... Mais Magali l'avait perturbé en lui expliquant, vaguement il est vrai, que la réalité était tout autre... et que son amie était bien malheureuse. Le vieil homme en avait le cœur serré.

Enfin la petite voiture arriva. Les trois jeunes gens en sortirent, laissant le moteur tourner, car Pierre se doutait bien qu'ils étaient épiés par Jean Casal, comme d'habitude, et que celui-ci ne les ferait pas attendre.

Magali et Pierre l'embrassèrent avec affection. En tremblant un peu, l'aïeul serra la main de Carole qui lui sourit.

– Je peux t'embrasser mon petit ? dit-il, cela fait si longtemps que j'avais envie de te revoir.

Carole sourit aussi et se laissa enlacer par le vieil homme. Elle était émue de ces retrouvailles.

– Allez, les jeunes, on a de la route à faire, il ne faut pas tarder !

Pierre rit.

– Avec vous, nous sommes toujours en avance !

– C'est très bien, c'est très bien.. c'est comme cela qu'il faut faire... le monde appartient à ceux qui se lèvent tôt !

Tout en parlant, Jean Casal se dirigeait vers la voiture, frissonnant un peu sous la morsure du froid de ce matin d'hiver.

Pierre s'empressa pour lui ouvrir la portière de devant, mais il protesta.

– Laisse Magali devant, elle sera mieux avec son bébé, moi, je vais être très bien avec Carole, continua-t-il en lui lançant un clin d'œil.

Il s'assit avec difficulté dans la voiture, soupirant quand ses jambes voulurent bien entrer dans l'habitacle.

– C'est rouillé, tout cela, quelle vieille carcasse !

– Tu es bien couvert Bon-Papa ? demanda Magali, le vent souffle toujours beaucoup là-bas, surtout en hiver.

– Une vraie mère-poule, ma petite fille, s'exclama-t-il, en riant ; ta grand-mère aurait été fière de toi ! Ne t'inquiète pas. A mon âge j'ai toujours tellement peur d'avoir froid, qu'il me devient difficile de me remuer tant je suis engoncé dans une montagne de vêtements ! Allez, roulez les jeunes ! dit-il encore en tapant sur le dos de Pierre avec le pommeau de sa canne.

Carole le regardait. Elle se sentait si bien en sa présence, et jamais elle n'aurait pu croire qu'un vieillard pourrait ainsi lui plaire ! Elle s'était laissé faire pour cette expédition. Elle se laissait faire pour tout depuis quelques jours, comme une enfant docile et tranquille. Avec Magali, elle retrouvait parfois ses complots de petite fille, ses rires de gamine, ses bêtises et histoires d'antan et cela lui faisait un bien fou !

Le brouillard s'accrochait par nappes sur la terre nue des champs. Les maisons des villages éparpillés dans la campagne, se regroupaient frileusement contre le clocher des églises qui résonnaient de tintements plus ou moins gais pour annoncer les messes. Il y avait queue aux boulangeries et on pouvait deviner le croquant des baguettes fraîches aux petits doigts gourmands des enfants qui en tiraient la mie blanche, vite engloutie.

Des couples endimanchés, bouquet de fleurs sous cellophane à la main, entraient dans des maisons où les attendaient la chaleur d'une vie familiale autour d'un repas qui s'éterniserait tout l'après-midi.

Les quatre occupants de la voiture ne faisaient guère attention au paysage et à la route. Seul Pierre veillait à conduire sans à-coups pour éviter toute secousse nuisible à Magali et au bébé. «Je transporte un panier d'œufs», s'amusait-il à dire en désignant sa femme.

Jean Casal mit Carole à l'aise rapidement en lui parlant des concerts qu'elle donnait. Il était très mélomane et comprenait la valeur et la difficulté des œuvres qu'elle interprétait. Il s'intéressa aux orchestres avec lesquels elle partait en tournée, aux chefs de réputation internationale, et fut très ému quand il sut que Carole avait joué, seule, devant la reine d'Angleterre. Elle lui raconta en riant les mille et un tracas que ce genre de prestation lui avait causés, peu familiarisée avec les coutumes et le protocole de la Cour d'Angleterre !

Carole se tut soudain, consciente qu'elle seule parlait... cela ne lui était pas arrivé depuis longtemps !

– Et vous, Monsieur, comment allez-vous ?... je ne parle que de moi... j'en ai honte !

– C'est plus intéressant que les mille et un petits problèmes insignifiants d'un vieillard. Qu'est-ce que tu veux que je te raconte ? Les petites vieilles rouspètent en traînant leurs savates, désespérées de ne plus rien faire. Dans ces maisons, elles n'ont même plus le plaisir de pouvoir éplucher leurs patates, frotter un peu de linge, donner à manger au chat, et regarder seules leur programme télé. Elles doivent supporter les autres et ne font plus rien... c'est ce qui nous tuent nous les vieux... il n'y a plus rien à faire, bien que nous en soyons encore capables, mais les vieux sont parqués, en dehors du monde qui court en tous sens.

Magali se retourna vers son grand-père.

– Tu es triste dans cette maison Bon-Papa ?

– Triste, non ! Moi, j'ai de la chance, j'ai encore la tête qui fonctionne à plein, j'ai mes enfants, mes petits-enfants, je suis un homme heureux parce que je peux sortir, que je n'ai pas de problèmes ménagers et que je n'embête personne. Mais pour d'autres, quel ennui ! Et tu sais, toutes ces dames n'ont même plus l'habitude du tricot, de la tapisserie, d'activités manuelles, même simples, c'est la télévision qui a tout remplacé, elle les fatigue, et ne peut jamais les contenter.

– Et les autres, les hommes ? demanda Pierre

– Ah ! les hommes s'en sortent mieux, je trouve. Ils lisent un peu, tirent les cartes ou jouent à la pétanque en été... enfin, dit-il voulant clore cette description misérabiliste de la maison qui l'accueillait, soyez sans crainte, nous les petits vieux, nous sommes bien heureux quand même et dans cette maison il y a tout un personnel bien sympathique et dévoué !

Le paysage changeait et devenait légèrement vallonné. Le bleu pâle du ciel blanchissait à l'horizon. Dans les champs il y avait encore quelques traces de neige qui fondait au soleil tiède.

– Nous voilà bientôt arrivés, dit Magali, elle regarda sa montre. Nous avons le temps de faire une bonne promenade avant le déjeuner

– C'est très bien, cela me dérouillera un peu et nous ouvrira l'appétit, répondit le grand-père.

Ils s'arrêtèrent sur la petite place près de l'Eglise Saint Nicolas. Quelques paroissiens en sortaient.

– Tiens, dit-il, en sortant de la voiture tout en grimaçant à cause de ses rhumatismes, je vais vous montrer quelque chose d'original dans cette église. C'était notre grand amusement de gosses de venir voir cela, dans le temps !

Intrigué, le trio le suivit. Que pouvait-on bien trouver de drôle dans cette vieille église.

– Ah ! la voilà, toujours au rendez-vous ! dit il en souriant, je vous présente la Sainte à barbe !

Pierre se rapprocha et rit.

– Tu parles d'un nom ! Sainte Wilgeforte ! Une forte femme ! Mais pourquoi a-t-elle une barbe ?

– La légende raconte qu'elle ne voulait pas se marier, et avait imploré le ciel de la rendre laide ! Mais avec mes vieux yeux d'aujourd'hui, quand je vois cette barbe, elle me fait penser à ces femmes qui veulent être comme des hommes. Au fond elle pourrait être le symbole des féministes !

– C'est méchant ce que tu dis Bon-Papa, les féministes sont des femmes et il y en a de très jolies.

– Bof !

Leur conversation dans l'église n'était guère pratique, mais la sainte Wilgeforte les avait tous mis de bonne humeur, Carole comprise ! Des lumières s'éteignirent, et ils entendirent la porte se fermer.

– Il faut partir, dit Magali, on va nous enfermer !

Le petit groupe s'éloigna vers la mer.

Le vieil homme était tout heureux. Il avait passé de nombreuses vacances à Wissant, et reconnaissait toutes les anciennes villas, s'émerveillant des nombreuses constructions qui avaient transformé ce petit village de pêcheurs. C'était un lieu qu'il aimait beaucoup, car il était emprunt de l'histoire et du mystère de tous ceux qui avaient été enfouis sous la tempête de sable de 1777 avec le port médiéval et le village qui avaient disparu en une nuit.

Il s'arrêta devant une grande villa qui avait dû être belle, mais dont les peintures ne résistaient plus depuis longtemps déjà à l'assaut des embruns et du vent.

Il hocha la tête.

– Je ne pensais pas revoir un jour cette villa, nous y sommes venus tellement souvent entre les deux guerres ! C'était merveilleux. Nous étions une bande de cousins, assez délurés j'en conviens, dont le grand plaisir était de tendre des traquenards aux filles avec des crabes !

– Elles se laissaient faire ? demanda Pierre amusé par ses souvenirs.

– Comme toutes les filles, elles allaient se plaindre à leurs mères !... Quoique... non, non, il y en avait deux qui résistaient, c'étaient plus amusant pour nous ! Comment s'appelaient-elles ? Ah, oui ! Il y avait Blanche et Marguerite ! Quelles filles ! Elles se vengeaient en nous mettant des algues gluantes au fond de nos chaussettes ou du lit ! Elles doivent être des grand-mères très respectables maintenant,... Si elles vivent encore ! Que le temps passe, mon Dieu !

Il s'enferma un instant dans ses souvenirs, tandis qu'ils arrivaient sur la digue fouettée par le vent.

Carole respira un bon coup.

– Hum, cela fait du bien, c'est vivifiant !

Ils marchèrent tranquillement au rythme du vieillard, les yeux mis-clos pour lutter contre le sable piquant.

Les vagues s'écrasaient en écume blanche et mousseuse, promenant sur leur dos les mouettes paresseuses. Deux petits bateaux de pêche au couleurs vives dormaient sur le sable fin.

– Où avez-vous envie de déjeuner ? demanda Pierre

– Il y a un très bon restaurant de poissons et fruits de mer au bord de la mer au Cap Gris-Nez, on mange très bien en regardant les vagues. Je vous invite.

Pierre voulu protester.

– Toi le jeune étudiant en médecine et futur père, économise ton argent, tu en as besoin... et moi j'ai envie de bien manger... cela me changera de la pitance des vieux ! dit-il en riant.

Il n'y avait pas grand monde dans le restaurant et le repas fut très agréable. Même Carole, entraînée par la vitalité peu ordinaire du vieil homme, se détendit et prit part à la conversation et aux fous-rires.

Magali se renversa sur sa chaise en se tenant le ventre.

– Cela ne va pas ? demanda Pierre.

– Oh ! si, dit-elle en souriant, mais, j'ai trop mangé, et ce bout de chou me donne une telle quantité de coups de pieds dans l'estomac que la digestion est difficile !

– On va profiter du temps assez doux pour refaire une bonne promenade et ne pas repartir trop tard.

La marée descendait, laissant des longues traînées ondulantes sur le sable humide et compact.

Pierre enlaça Magali qui appuya sa tête contre son épaule.

– Tu n'es pas trop fatiguée ?

– Non, cela fait tellement de bien de respirer ! Bon-Papa est en pleine forme et Carole me semble détendue, le repas a été excellent, il fait beau... on est heureux, quoi !

Pierre s'arrêta un court instant et embrassa Magali.

– Tu sais que je t'aime, toi ?

Elle rit en le repoussant doucement.

– Moi aussi... mais on est en public, dit-elle en montrant discrètement du doigt son grand-père et Carole qui les suivaient.

– Hum ! ronchonna Pierre qui l'embrassa une nouvelle fois dans le cou.

Carole les vit. Jean Casal se tourna vers elle.

– Ils ont de la chance de s'aimer ainsi, dit-elle doucement.

Il la regarda avec tendresse.

– Comment ça va –vraiment– Carole ? Nous avons parlé de tout et surtout de rien, de rien qui soit essentiel pour toi. A part le fait que tu sois devenue une véritable étoile filante, comment vis-tu aujourd'hui ?

– Comme ça ! Je file, oui mais pas comme une étoile ! répliqua Carole. Une étoile laisse une lumière, moi, j'ai l'impression de ne rien laisser du tout... c'est le vide.

Il s'arrêta soudain et prit le bras de Carole.

– Cela ne va pas très fort, n'est-ce pas ?

– Pourquoi me dites-vous cela ? demanda Carole brutalement. Magali vous a parlé de quelque chose ?

Un début de colère l'envahissait.

– Rien du tout, Carole ; il suffit de te regarder, j'ai l'impression que tu as vieilli de quinze ans, il n'y a plus d'étincelles dans tes yeux.

– Merci bien ! dit Carole goguenarde.

– Je ne voulais pas te faire de la peine. Je suis désolé, je m'y prends très mal avec une jeune fille, n'est-ce pas ?

– Oh ! peu importe, répliqua Carole en haussant les épaules. C'est vrai, je ne m'en sors pas, je n'arrive plus à retrouver goût à l'existence.

– Tu penses toujours à Stanislas ?

– Toujours... toujours, soupira-t-elle

Jean Casal reprit sa marche, Carole à ses côtés.

– C'est la chose la plus normale qui soit, Carole, de penser à celui que l'on a aimé et qui est mort. Il est immortel lui, là-haut, et il est naturel qu'il le soit aussi dans ton cœur. Si tu savais comme je pense à ma Marie qui est pourtant partie il y a si longtemps déjà. Mais elle est avec moi tout le temps, sans être dans un endroit bien précis. Tu es sur la terre Carole, tu dois vivre, avancer, mettre en valeur tous tes talents, retrouver le sourire, l'espoir.

– Pour qui ?

– Tu n'as plus confiance en toi, c'est cela ? Mais tu ne penses peut-être qu'à toi aussi... et se contempler dans un miroir qui réfléchit une image triste est extrêmement démoralisant.

– Jamais plus je ne pourrai connaître l'amour comme je l'ai vécu avec Stanislas. C'était trop beau, trop extraordinaire. Notre relation a été bien au-delà de la passion des corps, et maintenant quand je connais quelqu'un, que l'on couche ensemble, je ne rencontre plus jamais cette émotion, ce bonheur. Il n'y a plus rien, c'est physique, c'est tout...

– Tu vis avec quelqu'un aujourd'hui ?

– Non, avec tout le monde et personne, comme ça !... répondit laconiquement Carole.

– Tu ne penses pas que c'est cela qui te rend malheureuse ? Tu essayes de satisfaire un besoin physique, pour toi, pas pour l'autre. Avec Stanislas, tu as tout fait pour lui, tu lui as donné ton amour, jusqu'au bout, un amour qui fut un échange formidable avec ton cœur, ton intelligence. Tu l'as vraiment aimé, parce que c'était lui avant toi. Carole, regarde-moi –il lui toucha le bras– je suis un vieil homme, mais je connais cette souffrance due au vide et à l'absence de celui ou de celle que l'on aime. Parfois, moi aussi je me demande à quoi je peux bien encore servir sur cette terre. Je suis fatigué, j'ai envie de m'endormir, de rejoindre ma Marie. Et puis je me traite de lâche. Ce n'est pas à moi de toute façon de décider. C'est sans doute dans le regard des autres, dans les mains qui se tendent, que tout au long de sa vie, chacun trouve sa destinée et qu'il doit y répondre quel que soit son âge ou ses forces.

– Carole, continua-t-il, y a-t-il quelqu'un d'autre que toi dans ta vie ?

Carole ne savait quoi répondre. Il avait raison bien sûr, mais elle ne voyait pas comment se sortir de ce labyrinthe d'égocentrisme qui ne menait nulle part et surtout pas à l'amour.

– Je n'ai personne, je vous assure, même si je me suis retrouvée enceinte ! s'exclama-t-elle, regrettant immédiatement, ce qu'elle venait de dire.

– Tu attends un bébé ? dit-il en ouvrant de grands yeux.

– J'attendais, plus maintenant.

– Carole ! Qu'est-ce que tu as fait ?

Le vieil homme s'était arrêté brutalement de marcher, comme paralysé par ce qu'il venait d'entendre.

– Je... j'ai eu un avortement, c'est à l'hôpital que j'ai retrouvé Pierre, et c'est ainsi que j'ai revu Magali.

– Non, non, pas un avortement !

Il secouait la tête accablé.

– Pourquoi, Carole, pourquoi ?

– Mais, c'est comme cela, je n'aurais pas dû vous le

dire, je vous fais de la peine, je suis désolée. Mais je ne pouvais pas garder un enfant sans père, sans amour.

– Mais c'était un enfant, Carole, un être humain.

– Je ne le vois pas comme cela.

– Que tu le voies ou non, c'est pareil !

Ils se turent un moment.

– Si je vous disais, reprit Carole, que je le regrette, cela vous satisferait peut-être, mais ce n'est pas vrai ; aujourd'hui, non, je ne le regrette pas, c'est comme ça, c'est oublié, je suis triste de vous faire de la peine. Pour vous, ce n'est pas bien ce que j'ai fait, n'est-ce pas ?

– Est-ce que tu en as parlé à quelqu'un quand tu as pris cette décision ?

– Non, personne ne s'intéresse à ce que je fais.

– Si, Carole, nous.

– Pardon, ce n'est pas ce que je voulais dire.

– Mais nous étions loin de toi et tu n'as pas osé nous appeler.

– Ce n'est pas cela ! Je voulais vous effacer de ma mémoire parce que vous étiez trop attachés à l'image de Stanislas.

– Et tu n'as pas osé ou voulu te souvenir de nous ?

– Non, qu'auriez-vous pu faire, de toute façon ? Cette grossesse était impossible, l'enfant n'aurait pas eu de père et vous m'imaginez en mère, moi ? Il me fallait être réaliste, faute d'être parfaite !

Vous nous avez aidé, Stanislas et moi, beaucoup au moment où cela allait si mal. Votre amitié, votre force nous a fait tant de bien.

– Et la Foi ? Tout ce que le Frère Paul vous a donné ? Lui aussi a beaucoup aimé Stanislas.

– La Foi, je n'y crois pas. Si Dieu était bon et aimant, je serais aujourd'hui avec celui que j'aime.

– Ce n'est pas Lui qui permet le mal Carole, c'est la liberté des hommes. Il est cependant toujours là pour te sortir de la souffrance, de la douleur.

– Vous y croyez vraiment, vous ?

– C'est encore mieux qu'un bâton de vieillesse, dit-il en souriant pour dédramatiser la conversation.

– Vous avez de la chance, répliqua Carole.

– Toi aussi, ma petite, laisse ton cœur ouvert, tu es comme une huître, avec une jolie perle dedans, mais tellement fermée, que personne ne peut l'admirer.

Le jeune couple, Pierre et Magali, les avaient distancés depuis longtemps. Il n'y avait personne sur la plage, le vent s'était un peu calmé. Leurs pas s'inscrivaient dans le sable humide : petits pieds fragiles longeant des marques profondes et larges.

– Puis-je te conseiller quelque chose, Carole ?

– Si vous voulez.

– Tu vas essayer de faire le vide en toi. Tu peux réussir, c'est ce que tu fais certainement avant chaque concert. Tu te vides de tout mal, de toute peur, de toute angoisse, et tu ouvres ton cœur à la lumière de l'existence. Ne demande rien, laisse-toi faire, laisse-toi mener par la main.

– C'est si difficile !

Carole était partagée entre le malaise dû à cette conversation et une curieuse impression de sécurité qui émanait de Jean Casal. Tout se bousculait dans sa tête comme si le vent puissant de la mer s'y était engouffré mélangeant tous ses souvenirs, les bons comme les mauvais.

Elle en eut le vertige.

Loin devant eux, Pierre et Magali s'arrêtèrent et se retournant, les virent marcher lentement.

– J'espère que cette marche ne va pas trop fatiguer Bon-Papa, dit Pierre, c'est un peu long pour son âge.

– C'est un grand marcheur tu sais, et il fait moins froid. On va à leur rencontre ?

– Avance doucement, parce que toi aussi tu vas trop te fatiguer, je cours jusqu'à eux et je te rattrape, cela me fera faire mon sport !

Rouge et essoufflé, Pierre les retrouva peu après.

– Ça va Bon-papa, pas trop fatigué ?

– Moi ? Pas du tout, tu peux continuer à gambader avec ta petite femme, je suis très bien avec Carole !

– C'est ce que je vois ! répondit en riant Pierre, on se retrouve au premier café sur la place, pour prendre quelque chose de chaud.

– Va, va, dit le grand-père en agitant la main, tout est bien comme cela, et n'épuise pas ma petite-fille !

Pierre et Magali les attendaient tranquillement devant un grand thé brûlant.

M. Casal entra dans le petit café, et s'assit lourdement.

– Ouf ! c'était plus long que je ne le pensais !

Carole avait les joues rosies par le froid. Elle se frotta les mains.

– Tu prends quelque chose ? lui demanda Magali.

– Un grand chocolat chaud, volontiers.

– Moi aussi, dit son grand-père. C'est curieux, mais quand j'étais petit, cette promenade me semblait tellement courte que je trouvais qu'il n'y avait vraiment rien à faire dans Wissant. A mon avis, on a dû rajouter des kilomètres ou j'ai les jambes qui ont raccourci, continua-t-il en souriant !

Carole le dévisageait avec affection. Elle sentait sa «coquille d'huître» s'ouvrir au moins à quelqu'un : ce vieil homme, si fragile sur ses jambes, mais si fort en son cœur !

La route du retour se fit dans le silence. Bon-Papa s'était assoupi, Magali aussi, assommés par l'air vif et le vent. Pierre pensait à ses malades ; Carole, le regard dans le vide, fixait le paysage sans le voir.

12

Pierre reconduisit Jean Casal chez lui, tandis que les deux jeunes femmes se reposaient en écoutant quelques enregistrements de Carole.

– Je dépose Bon-Papa, dit-il en partant, et je repasse par l'hôpital, j'ai une patiente qui m'inquiète un peu.

Le vieil homme ne se sentait pas trop fatigué.

– Je suis heureux de pouvoir te parler en tête à tête, dit-il à Pierre. J'ai beaucoup discuté avec Carole sur la plage, elle n'est pas bien, ni dans sa tête, ni dans son corps. Elle est déconnectée de la réalité, elle fuit... Elle ne survit pas à la disparition de Stanislas, qu'est-ce que tu en penses ?

– C'est vrai, elle mène une vie sans boussole, au jour le jour, n'importe comment, avec n'importe qui, sans aucune attache, sans but.

– Mais sa musique ? interrogea-t-il, elle est prodigieusement douée, elle est faite pour cela !

– Oui, certainement, et je crois même que sa solitude et sa souffrance ont été le détonateur de sa musicalité si appréciée. Mais elle devient complètement désaxée, dans le sens littéral du terme ! Elle fait n'importe quoi !

– Elle m'a dit ce qu'elle avait fait... cet avortement... j'en frissonne encore !

– Oui, reprit Pierre, et c'est comme cela que je l'ai retrouvée dans mon service. Elle l'a fait comme si c'était un acte banal, sans se rendre compte du tout de son geste... Elle m'a même dit qu'elle ignorait qui était le père... et qu'elle s'en fichait !

– Tu sais, continua M. Casal, j'avais toujours pensé jusqu'à présent, que les femmes qui y avaient recours, étaient des espèces de monstres sans foi ni loi. Jamais je n'aurais cru que Carole, que j'aime comme ma petite-fille, puisse avoir fait «ça» ! Non, c'est impossible, il y a quelque chose qui me dépasse !...

Pierre arrivait à la maison de retraite.

Il coupa le moteur.

– Je peux monter un peu avec vous ? demanda-t-il au vieillard qui semblait si malheureux tout à coup.

– Oui, oui, monte. Il faut que tu m'aides à comprendre. Mais ta malade à voir, ce n'est pas trop urgent ?

– Non, ne vous inquiétez pas, c'était surtout par acquis de conscience, mais il y a des médecins de garde.

Ils prirent l'ascenseur. Cela sentait la soupe froide et le désinfectant.

Une vieille femme, appuyée sur une canne trépied, avançait avec difficulté dans le couloir. Elle traînait les pieds aux chevilles gonflées et rouges.

– Bonsoir Madame Plouve, alors ces jambes ? Elles fonctionnent un peu ce soir on dirait, dit le grand-père, gentiment.

– Ah ! m'en parlez pas, Monsieur Casal, si vous saviez, une vraie souffrance quotidienne ! Et j'ai mal partout, sans compter que je ne sais pas dormir, les nuits sont longues, longues, et j'ai l'estomac qui se tord... enfin c'est tout misères et compagnie ! On ne rajeunit pas !

– Eh ! oui, s'exclama-t-il désireux de couper à la conversation. Allez bonne nuit quand même et à demain.

– A demain, ah, là là, se plaignit encore la femme en s'éloignant, c'est-y pas malheureux toutes ces misères des vieux !...

M. Casal occupait une petite chambre où il avait pu réunir ses quelques souvenirs, et de nombreux livres qui occupaient tous les murs.

Il s'assit dans l'unique fauteuil, tandis que Pierre se mettait sur le lit.

– Je suis content de pouvoir vous parler de tout cela, Bon-Papa, parce que ce que vit Carole, c'est la réalité de la vie de trop de femmes aujourd'hui. Cela devient incompréhensible et dramatique.

– Oui, répéta le vieillard, tu peux le dire ! Qu'une femme comme Carole tue son petit, c'est vraiment triste...

– Carole ne pense pas qu'elle a supprimé un enfant. Elle a supprimé une grossesse qui n'était ni désirée, ni prévue ! Beaucoup de femmes, aujourd'hui, sont portées par un courant très fort qui les pousse à refuser ce qui fait leur spécificité, cette puissance de la maternité. Rien dans la société d'aujourd'hui, ne les incite à avoir des enfants. Peut-être un ou deux... une façon d'assouvir leur instinct de reproduction, mais le travail professionnel, le pouvoir d'achat, les vacances ou le confort passent avant tout. La vie, telle qu'on la présente, ne peut être réussie que si on en profite chaque jour dans le plus grand confort. J'ai peut-être tort, mais c'est ce que je ressens de plus en plus avec les patientes de l'hôpital.

– Tu fais des avortements, toi ?

– Oh ! non, je refuse de les faire... ce qui me met dans une position très délicate vis-à-vis du Patron, mais pour l'instant, il n'a pas trop manifesté sa désapprobation. Mais je suis dans un service où il y en a, et je suis dans l'obligation de soigner les femmes qui y ont recours. Les médecins appliquent la Loi, mais les femmes me semblent trop souvent acculées à cet acte, comme manipulées, bien malgré elles.

– Elles sont libres tout de même, protesta Jean Casal, qui ne pouvait imaginer une torture plus affreuse que de forcer une femme à rejeter son enfant.

– On ne raisonne pas de la même manière, Bon-Papa. Notre société a évolué, profondément évolué depuis... Oh ! principalement depuis le début du siècle. Nous avons en main un pouvoir scientifique et médical ahurissant. On est maître de la vie, du début à la fin. L'avortement est souvent demandé suite à une amniocentèse par exemple, quand on découvre que l'enfant risque d'être anormal.

– Qu'est-ce que c'est que ça une amniocentèse ? Avec votre charabia moderne, je n'y comprends rien.

– Une amniocentèse, c'est le prélèvement du liquide dans lequel baigne l'enfant. On le ponctionne à travers l'utérus de la mère et à travers la paroi du placenta. On prélève donc ce liquide amniotique et on l'analyse dans le but de découvrir la trisomie 21, par exemple, cette maladie qui donne aux enfants ce faciès caractéristique que l'on appelle le mongolisme, ou alors on recherche les tares héréditaires dans le cas de maladies transmissibles, enfin tout ce que l'on veut. On analyse les résultats et on prévient les parents. Voilà, votre enfant a ceci ou cela, ou il est tout à fait bien.

– Et c'est sans risque, cet examen ?

– Il est pratiqué avec beaucoup de précautions, mais il y a toujours un risque de blesser l'enfant ou d'occasionner un avortement accidentel sur un enfant sain. C'est pourquoi on ne le propose pas sans raison valable.

– Et que font alors les parents en cas de découverte d'une anomalie ?

– C'est très difficile. Il faut admettre en premier lieu, que le simple fait de poser la question, c'est admettre la réponse de l'avortement. Et de plus en plus de gens pensent que c'est la seule solution. D'autre part, ils ne peuvent prendre de décision en toute connaissance de cause, car ils ne peuvent réellement imaginer leur enfant. Il peut aussi y avoir des erreurs d'estimation dans les diagnostics, ou alors dire qu'il y a une malformation et pour finir, tout va bien.

– Oui, mais alors les parents ? insista le grand-père.

– Beaucoup choisissent quand même l'avortement, ne pouvant supporter le risque d'avoir un enfant anormal, et se disant qu'ils remettront un autre enfant en route après. D'autres, c'est rare, ont le courage d'affronter la maladie de leur enfant, quelle qu'elle soit.

– Tout cela est fou, dit Jean Casal, complètement fou. On fait une loi pour autoriser les avortements en cas de détresse, mais détresse de qui ? La loi est faite pour protéger le plus faible, le plus petit, celui qui est sans défense. Qui est le plus faible dans tout cela ? L'enfant, la mère ? Ou encore la société qui ne sait pas s'occuper de ces drames-là ?

– La loi a été promulguée pour éviter les avortements clandestins catastrophiques pour les femmes qui y avaient recours. Mais on constate malheureusement, qu'elle est détournée tous les jours, et que trop de femmes croient que c'est un acte banal, presque un procédé de contraception, c'est pourtant tellement grave. Et je ne parle pas seulement de l'enfant, mais de la femme. On ne le dit jamais, bien sûr, mais il n'est pas rare qu'elle soit perturbée psychologiquement par une IVG, même si apparemment, elle le vit très bien.

– Heureusement qu'elle en est perturbée, tout de même !

– Je ne sais pas, car la femme est-elle coupable de ce qu'elle fait ? Vous savez, elle subit parfois de telles pressions qu'elle est incapable de s'en sortir toute seule. Je pense par exemple à celle qui prend des médicaments à risque pour un fœtus ou qui a une maladie dangereuse pour lui. On lui dit que l'enfant présentera des malformations telles qu'il en souffrira de façon abominable toute sa vie. Que peut faire la femme, même si elle a un sens maternel très poussé ? Elle panique, elle est en plein désarroi, se culpabilise et, de plus, on la presse car il faut prendre une décision vite, vite. En effet plus l'enfant grossit, plus l'avortement est difficile ! On en arrive alors à la culpabiliser de garder un enfant qui souffrira, au nom d'une morale ou d'une religion.

Jean Casal gardait le silence. Les yeux à moitié clos, il paraissait assoupi, le menton appuyé sur la canne qu'il tenait entre ses genoux.

Pierre se tut aussi, respectant ce qu'il croyait être le repos du vieil homme, et se disant, en souriant, que de telles réflexions ne l'empêchaient pas de dormir au moins !

Mais celui-ci se dressa soudain.

– J'ai eu tort mon petit, grand tort.

Pierre ne comprenait pas de quoi il parlait.

– Oui, j'ai eu tort, je savais ce qui allait arriver, je n'y ai pas cru, car je ne savais pas comment ils allaient faire... tout cela est prévu depuis longtemps, très longtemps, c'est grave Pierre, c'est extrêmement grave.

Pierre n'arrivait toujours pas à suivre le raisonnement du vieux monsieur.

– Excusez-moi, mais je ne comprends pas ce que vous dites.

Jean Casal leva vers lui un regard vif, dur, étonnamment dur. Pierre n'avait jamais remarqué que ses yeux pouvaient ainsi témoigner tant de vigueur et une volonté d'homme mûr en pleine force de l'âge.

– Tu sais ce à quoi je n'ai pas assez prêté attention Pierre, c'est à la façon dont on est manipulé depuis bien longtemps déjà, pour que notre société, notre civilisation soit détruite. Elle ne sera pas détruite par une guerre, non, car les gens se défendent alors, mais détruite de l'intérieur. Aujourd'hui, c'est une guerre sournoise qui est en train de réussir.

– Je vous comprends de moins en moins ! dit Pierre.

– Tu vas comprendre. C'est simple ! Mais cela ne t'ennuie pas si on en discute en faisant un petit tour à pied ? Ici, entre ces quatre murs, j'étouffe !

Il se leva de son fauteuil et s'emmitouffla dans son manteau, une grosse écharpe autour du cou, et un chapeau sur la tête.

– Allez viens, Pierre !

Pierre se laissa silencieusement entraîner par le vieil homme.

Ils sortirent dans le petit parc qui jouxtait la maison de retraite. Personne ne s'y promenait. Les bancs étaient vides. Ils s'engagèrent dans une allée qui en faisait le tour. Sous les grands arbres nus les feuilles finissaient de pourrir.

Jean Casal respira un grand coup.

– Hum, cela sent meilleur ici que dans cette tanière ! Bon, où en étions-nous de la discussion ? Ah ! oui, à la manipulation dont notre société est l'objet.

Il avait une voix ferme et décidée.

– Quand tu veux convaincre quelqu'un de quelque chose, tu emploies ton intelligence et ta sensibilité. Par ton intelligence, tu donnes des arguments, tu montres que ce que tu proposes est une excellente chose et tu amènes peu à peu ton interlocuteur à être persuadé qu'il a tout intérêt à faire ce que tu lui demandes. Il aura une certaine reconnaissance vis-à-vis de toi et toi, tu auras de l'autorité vis-à-vis de lui, si tu as su répondre efficacement à son besoin.

– Cela, ce n'est pas de la manipulation, dit Pierre, c'est une forme d'autorité due à la compétence et à la reconnaissance de celui que l'on dirige.

– Oui, oui, mais attends, tu es trop pressé, je n'ai pas fini mon raisonnement.

S'animant et frappant la terre gelée du bout de sa canne, il reprit :

– A côté de ton intelligence, pour convaincre toujours, tu vas utiliser les sentiments : tous les sens de l'homme qui l'amènent au bien-être, au confort, à la jouissance, bref à ce sentiment de bonheur auquel aspire tout être humain. Ton argument intellectuel ne pourra se tenir sans la sensibilité. Par contre tu pourras réussir à convaincre un interlocuteur uniquement par la sensibilité parce qu'il aura, tout de suite, la sensation de ce bonheur, et t'en aura de la reconnaissance. C'est cela la manipulation, car tu endors son esprit, son intelligence par la suprématie des sentiments... et tu en fais un pantin. C'est le cas de la femme à qui l'on fait croire qu'elle sera parfaitement heureuse et épanouie si elle devient comme un homme.

– Mais qui est ce «on» dont vous parlez ? Les gens ne sont pas heureux s'ils sont manipulés. Leur besoin de liberté est trop ancré en eux.

– Ils ne sont pas heureux, mais ne comprennent pas pourquoi, parce qu'ils ne voient pas le filet dans lequel ils sont entravés.

Il se tut un instant et toussa. Pierre regarda ce grand-père qui l'avait toujours étonné.

– Vous n'avez pas froid ? Si on rentrait maintenant, tout en discutant.

– On continue encore un peu, l'air me fait du bien et ce que je te dis maintenant est le cœur du problème de notre société, qui est devenue complètement bancale.

Il toussa encore un fois.

– Comment penses-tu que l'on prenne le pouvoir aujourd'hui ? Que l'on asservit une nation ? Est-ce en lui faisant la guerre avec des armes et bon nombre de militaires technologiquement imbattables ? Non, car il y a toujours un risque de contre-offensive catastrophique.

Est-ce en infiltrant un pays d'éléments étrangers qui mettent la société civile en pagaille, avec le racisme, le rejet de l'autre ? Cela peut fonctionner, et là aussi la force physique s'avère quelquefois efficace, mais dramatique pour chacun et on ne connaît pas le risque du retour de bâton.

Alors il faut observer l'histoire et le comportement des hommes. Comment s'est détruit l'empire romain ? Comment meurt une grande civilisation ? En grande partie, par la destruction de la morale, par des mœurs bestiales, par la jouissance au jour le jour pour répondre à des instincts primaires. Tu n'as pas compris la signification de tous ces cris contre «le retour à l'ordre moral» ? Ce n'est pas anodin ! Ce n'est d'ailleurs pas de l'ordre moral dont il s'agit, mais de l'ordre naturel.

Et il suffit alors d'injecter le poison dans une société pour détruire toute une civilisation.

– Je suis tout à fait d'accord, mais à la différence de l'empire romain, c'est que nous vivons à une ère de haute technologie, de progrès médicaux extraordinaires et que nous avons, maintenant, le devoir de réglementer les choses. Par exemple, si, au nom du respect de la nature on avait tous les enfants possibles, parce qu'il n'y a plus de sélection naturelle comme dans le temps, chaque famille aurait au moins douze enfants !

– Bien sûr, tu as raison. Mais tu sais, Pierre, il y a une chose certaine, aujourd'hui «on» veut la suprématie de l'homme, plus puissant que Dieu et libre de dominer toute créature. Pour cela on agit de façon intelligente, on détruit d'abord la femme, en détruisant, en elle, sa première finalité : celle de sa maternité... Parce que la femme ne répond plus à ce besoin élémentaire, celle-ci devient complètement bancale. Elle fonctionne mal, car la famille se détruit, les jeunes sont laissés à eux-mêmes sans guide, sans éducation. Toute moralité, toute spiritualité est annihilée au profit de la seule puissance de l'homme, et de l'homme mâle. Mais l'intelligence qui conçoit cela, sait bien que jamais aucune femme, aucun homme ne marcherait dans ce genre de combine et déjouerait ce complot.

– C'est évident ! s'exclama Pierre.

– Alors deuxième objectif, le plus puissant, on titille la sensibilité, on fait comprendre à la femme qu'elle est inférieure parce qu'elle n'a pas les mêmes pouvoirs que l'homme, elle est inférieure parce qu'elle est soumise à ses cycles de féminité, à sa maternité sans cesse potentielle, à ses enfants. On lui montre l'homme comme un but à atteindre. Elle le croit, car elle ne se rend plus compte de sa suprématie à elle, et de sa puissance. On la matraque sans cesse, sans cesse... et elle se sent soudain protégée par des lois qui permettent le divorce ou l'avortement.

– Et dans ces cas-là, reprit Pierre, elle est souvent complètement abandonnée.

– Tu sais, continua le vieil homme, sans pouvoir le deviner, elle est soumise au plus grand chantage qui soit: être comme un homme ou rester son inférieure si elle se laisse emprisonner par des grossesses, des enfants et sa vie de famille.

Il se remit à tousser.

– Allez, on rentre maintenant, il commence à faire vraiment froid.

Ils rebroussèrent chemin et croisèrent un enfant qui pédalait avec vigueur sur un petit vélo à roulettes. Derrière lui, un couple entourait une vieille dame.

– Bonsoir Monsieur Casal, vous avez fait votre petit tour ? Il fait frisquet, vous ne trouvez pas ?

– Bonsoir Madame, en effet, et je rentre maintenant !

Il souleva son chapeau pour la saluer.

– Une pensionnaire de la maison de retraite, dit-il à Pierre, une de ces vieilles dames qui ne savent que parler du temps ou de leurs rhumatismes.

Il sourit.

– Mais elles sont charmantes et très attentionnées avec moi !

– Vous avez toujours été très séduisant Bon-Papa !

– Flatteur, va ! Bon, qu'est-ce que je disais de sérieux ? Ah, oui ! Bien évidemment, la femme n'est pas inférieure à l'homme, elle lui est même bien souvent supérieure, mais elle est différente. C'est cette différence qui fait tout l'équilibre d'une civilisation : l'homme et la femme sont faits pour être complémentaires. Casser cela, c'est casser un équilibre naturel. C'est terriblement efficace et considérablement dangereux pour la société qui en est victime, car c'est une manipulation qui met beaucoup de temps à s'installer et contre laquelle il faudra des années pour trouver le bon antidote.

Pierre considérait le grand-père de Magali avec stupeur, tout ce qu'il disait lui semblait être de la science fiction. Qui pourrait donc concevoir de tels projets ? C'était pure imagination dans un esprit fatigué par l'âge. Jamais il n'avait considéré que la femme était soumise à une manipulation de cette ampleur, cela lui semblait diabolique.

– Ne crois pas que je déraisonne, dit Jean Casal, comme s'il eut deviné les pensées de Pierre ; ce que je te dis, je ne l'invente pas, même si cela semble hors de portée de l'entendement humain. Ce sont des analyses précises, mais je n'avais jamais réalisé qu'aujourd'hui, nous en étions à ce point de rupture.

– Oui, peut-être, mais pourquoi, dans quel but précis ? Qui a intérêt à cela ?

– Beaucoup d'intérêts financiers, et surtout l'attrait du pouvoir, du sentiment de supériorité, par rapport à la masse humaine.

– Mais sur un plan pratique, au jour le jour, l'homme est bien souvent aussi désemparé devant ces réactions féminines qu'il ne peut comprendre ! Je pense parfois que, s'il y a autant d'homosexuels aujourd'hui, c'est que la femme fait peur à certains hommes. Ils ont besoin de se sentir protecteurs, et ces féministes qui veulent le pouvoir partout, deviennent effrayantes par moment !

– Tu vois ! s'exclama-t-il, je n'ai pas tort.

– Mais d'autre part enchaîna Pierre, il y a quand même eu de gros progrès pour le bien-être et la reconnaissance de la femme depuis un moment.

– Oh ! oui, même si certains pays ou certaines religions la considèrent encore comme une esclave, offerte à l'homme qui en fait ce qu'il veut. Mais tu sais, le danger que nous ne voyons pas, vient de ce que la femme, elle-même, veut être totalement libre de son corps, de sa vie, sans se rendre compte un instant que cette liberté est fausse, car elle est enchaînée à un idéal masculin qui nie la féminité... Aujourd'hui, la femme se dit libérée, elle a accès à beaucoup de choses, et tant mieux, mais elle doit garder les pieds sur terre, les yeux et le cœur ouverts si elle ne veut pas se retrouver, dans quelques années, pleurant sur ce qu'elle a perdu définitivement dans une société sans âme, sans but, et sans joie.

La chaleur du hall d'entrée leur sauta au visage, ils appelèrent l'ascenseur.

– Ouf, dit le vieil homme en s'asseyant dans son fauteuil, après une bonne promenade comme cela, j'espère que je vais bien dormir !

Il se mit à tousser encore une fois et se râcla la gorge.

– Il y avait longtemps que je n'avais autant parler dit-il en riant, c'est un vrai cours que je te fais. Je ne sais pas si j'ai raison, mais ces choses-là, je les sens, il est logique de les analyser comme cela. Mais si on dit tout ça officiellement, on se fera traiter de fou, de doux illuminé, de «partisans du retour à l'ordre moral» –le comble de l'injure ! Alors il n'y a qu'une chose à souhaiter, c'est qu'il y ait suffisamment d'hommes politiques courageux pour mettre tout à la lumière des projecteurs, pour secouer les braves gens qui se sentent malheureux, mais ne comprennent pas pourquoi, et pour faire des lois qui sauvent notre pays, plutôt que de l'écraser !

Il se mit de nouveau à tousser, plus violemment cette fois. Pierre prit un verre qu'il remplit d'eau.

– Buvez un peu. Vous voulez une boisson chaude ?

– Cela va passer, merci.

– Vous toussez souvent comme cela ? demanda Pierre.

– Oh ! ne t'inquiète pas, c'est normal à mon âge. Il n'y a rien du tout.

– Si cela vous reprend souvent, il faut consulter le médecin de la maison, il vous donnera ce qu'il faut.

– Oui, oui, dit le grand-père, qui, de toute façon n'en ferait rien.

Pierre remit son manteau.

– Il me faut partir maintenant Bon-Papa, je suis resté un peu trop longtemps ! Mais, vous me faites de plus en plus réfléchir, il faudra que nous puissions discuter de nouveau de tout cela ! Que ce soit l'avortement, l'euthanasie, nous devons faire face tous les jours à de gros problèmes d'éthique sans y être préparés !

– Eh oui ! l'euthanasie aussi ! s'exclama Jean Casal. Quelle époque !

– Une belle époque quand même, Bon-Papa, regarde Magali et notre petit qui va naître, ce n'est pas merveilleux ?

– Oh ! oui, et je suis vraiment content pour vous!

Pierre lui serra la main affectueusement, remplit de nouveau le verre d'eau qu'il lui laissa à portée de la main et quitta la maison de retraite, passionné par toute cette conversation.

Il y avait tant de choses qui avaient été faites pour libérer la femme des contraintes de nombreuses maternités non désirées ! Elle avait de l'indépendance aujourd'hui. Et cette indépendance n'était-elle pas signe de grandeur ? Toutes ces lois promulguées depuis une trentaine d'années facilitaient son libre choix : contraception, IVG, procédures de divorce, lutte pour l'égalité des sexes dans le travail, en vie politique... Jamais, lui semblait-il, la femme n'avait été aussi indépendante qu'aujourd'hui, aussi mise en valeur. Et pourtant il était assez honnête pour le constater, combien d'hommes profitaient de cette «liberté» pour se décharger de leurs devoirs vis-à-vis d'elles. Eux-mêmes se sentaient déstabilisés devant celles qu'ils devaient traditionnellement protéger et qui devenaient leurs égales.

La fragilité de la femme et par là-même, curieusement, sa grande influence, est due à sa condition physique: dépendante de ses cycles de féminité, donc de maternité possible, elle a besoin, à différentes périodes de sa vie, d'être protégée. Non pas protégée comme un être inférieur, mais plutôt comme une personnalité à laquelle on tient ! On ne considère pas l'homme d'Etat comme inférieur parce qu'il est entouré d'un service de sécurité !

Quel raisonnement avait donc poussé Jean Casal à parler de la sorte ? Pierre Valembois avait suffisamment d'estime pour le vieil homme, pour penser que ses réflexions n'étaient pas dues à une simple réaction épidermique devant l'annonce de l'IVG subie par Carole. Il devait certainement, de par sa culture et son expérience professionnelle, avoir compris ce qui était difficilement explicable.

Pierre Valembois en était à ces réflexions quand il arriva à l'hôpital. Il contempla un instant cette grande maison qu'il aimait et pensa à toutes ces femmes qui lui étaient confiées au hasard de leur vie.

13

Nicolas Vanbroucs essayait de vivre en s'aérant la tête des problèmes de filles, comme il le disait. Il était pourtant vraiment désolé de ce qui s'était passé avec Laura... parce qu'il ne s'était, au fond, rien passé du tout. Il ne comprenait pas pourquoi tout paraissait compliqué avec elle maintenant et il n'osait plus rien lui dire, rien lui proposer tant il craignait que ce soit bizarrement interprété.

Il l'aimait bien Laura, il la trouvait vraiment belle et attirante. Il était flatté d'être aimé d'elle, mais au fond de lui-même, il souhaitait garder la direction des opérations et des initiatives. Il reconnaissait parfois qu'elle lui faisait peur et que, aujourd'hui, il n'y avait plus entre eux cette spontanéité, cette vitalité de leur jeunesse. Elle avait tout gâché, bêtement !

Chez elle, Laura ne disait plus rien. Elle travaillait, mangeait en silence, et sortait le plus souvent possible. Son visage avait gardé longtemps une trace bleutée puis jaunâtre, qui s'estompait maintenant. Elle était devenue, pour ses amies, un véritable mythe : une nuit de rêve avec un copain (Il est bien, et tu le verrais au lit... !) et battue par son père... (Il est très jaloux de voir que je suis aimée !)

Elle avait évidemment été très imaginative dans les explications qu'elle avait dû donner devant la bosse au front qui lui donnait de grandes traces bleutées descendant vers l'œil. Toutes les histoires qu'elle racontait était sa petite vengeance contre Nicolas, qui ne se doutait pas un instant de tout ce que les filles disaient de lui.

Laura s'agrippait à Nicolas, ne le quittant plus un instant.

Et Nicolas essayait de s'en dépêtrer, bien maladroitement.

En ce début d'année, le professeur titulaire de la classe organisa une grande virée en vélo, jusqu'à la forêt de Marchiennes.

– Débrouillez-vous pour avoir chacun un vélo, je ne veux pas de mobylette, faites-vous un peu les mollets ! Vous prenez un pique-nique et vous vous couvrez bien, avec gants et bonnets... vous aussi, mesdemoiselles, même si vous ne trouvez pas cela très esthétique !

Les jeunes avaient grimacé et contesté cette sortie, faite pour des gamins ! Mais le professeur avait tenu bon.

Ils avaient alors voulu mettre la balle dans leur camp et avaient décidé de se munir de moufles, écharpes et bonnets à pompon comme des bébés.

Le jour J , il gelait et le paysage était lumineux et brillant. Le professeur pouffa de rire en apercevant la bande de ces élèves. Les filles étaient en rose, les garçons en bleu, ils tenaient leurs vélos à la main et criaient dans un grand renfort de sonnettes et de coin-coin de jouets en caoutchouc.

Le professeur, avec humour, applaudit et se lança sur la route en faisant signe à l'équipe de le suivre.

«Ils riront moins dans quelques kilomètres,» se dit-il en souriant.

Laura et Nicolas pédalèrent un moment l'un à côté de l'autre.

– Eh ! Nicolas, dit un grand type dont la jeune moustache noire contrastait avec le bonnet de laine bleu, juché en haut de son crâne, tu es toujours d'accord pour les prochaines vacances ?

Il rattrapa Nicolas et se mit de l'autre côté par rapport à Laura, qui écoutait.

– Tu parles, François ! Les parents sont même d'accord.

– Il s'agit de quoi ? demanda Laura vexée de ne pas être au courant.

– On va faire le tour du Mont Blanc cet été.

– Ah ? cela m'intéresse aussi.

– Oui, mais...

Nicolas était ennuyé...

– C'est un truc de garçons, c'est trop dur pour une fille !

– Mais non, je suis capable de marcher, je suis très bonne en sport. J'ai vraiment envie de venir avec vous. Moi tu comprends, sinon, je me tape camping et bronzing, pendant un mois !

– Ecoute Laura, ça n'ira pas.

Elle quitta la route des yeux, pour lui lancer un regard acide.

– C'est moi dont tu ne veux pas ?

– Je n'ai pas dit cela, mais on part entre garçons, et on n'a pas envie de filles, c'est tout.

Laura ressentit un déchirement au cœur. Comment pouvait-il ainsi la rejeter ?

– C'est dégoûtant de ta part, dit-elle assez bas, pour que François n'entende pas. Tu ne comprends pas que je t'aime, moi ?

Elle fit exprès de ralentir pour que François les dépasse.

– Ecoute, dit Nicolas, énervé, ce n'est pas parce que tu as voulu que l'on... fasse quelque chose ensemble, qu'il faut que tu continues à t'accrocher ! Je t'aime bien tu le sais, mais des vacances, le sport c'est autre chose !

– Tu ne m'aimes pas, tu ne m'as jamais aimée, tu n'es qu'un égoïste.

Nicolas ne répondit pas, il haussa les épaules et poussa un peu plus sur les pédales pour rejoindre François.

– Qu'est-ce qu'elle a ? demanda celui-ci.

– Oh ! rien, des histoires de filles. Il faut toujours qu'elles s'accrochent et qu'elles s'imaginent trente-six choses si on est un peu gentil avec elles. On ne va tout de même pas prendre des filles avec nous en montagne !

Ils roulèrent de plus en plus vite, les pompons du bonnet au vent.

Ils arrivèrent dans une petite clairière de la forêt un quart d'heure avant le reste de la classe.

Le professeur était resté en queue du peloton pour encourager les jambes fatiguées par cet effort inhabituel.

Laura était à la traîne, de plus en plus furieuse de l'attitude de Nicolas. Elle ne voulait pas reconnaître qu'elle était rejetée, elle, la plus belle fille du coin ! Elle l'aurait ce Nicolas, quitte à passer d'abord par un autre pour le rendre jaloux.

– Allez Laura, un peu de courage, lui dit le professeur, encore une petite montée et ce sera plus facile.

– C'est vraiment idiot cette balade, bougonna-t-elle, j'en ai marre !

– Qu'est-ce qui t'arrive tout à coup ? Tu es toujours de bonne humeur d'habitude.

– Rien !

Elle força un peu l'allure pour quitter le professeur. Elle l'aimait bien, mais en ce moment, elle était trop vexée, jalouse et furieuse pour continuer une conversation.

Enfin toute la classe se regroupa. Essoufflés, les joues rougies par la morsure du froid, les jeunes s'amusaient bien et trouvaient que leur prof n'avait pas eu une si mauvaise idée... même s'ils ne le lui disaient pas !

– Bien, dit celui-ci, c'est maintenant que cela va devenir amusant.

Les élèves se regardèrent, intrigués quand il sortit une pile de feuilles photocopiées de son sac à dos.

– Voilà un plan précis de la forêt, à vous de vous repérer et de répondre aux questions. Vous allez vous mettre par équipe de trois. Chaque équipe a un parcours et des questions différentes, ce n'est donc pas la peine d'essayer de se suivre !

Les jeunes bougonnèrent un instant.

– Ouais ! Vous nous avez piégés, Monsieur ! On croyait que ce n'était que de la ballade.

– C'est de la ballade, mais il faut être équilibré et ne pas faire travailler uniquement les mollets ! Arrêtez de râler et en route. Dépêchez-vous de vous mettre par équipes. Je vous donne cinq minutes, sinon je les fais moi-même.

Dans un grand remue-ménage de vélos, les trios se formèrent rapidement, non sans difficulté par rapport à ceux dont personne ne voulait ! Instinctivement, Laura se regroupa avec François et Nicolas. Les deux garçons grimacèrent un peu, mais l'acceptèrent quand même (elle était douée en classe, c'était bien utile !) Elle eut l'impression d'une victoire. Ils verraient bien qu'ils ne pourraient se passer d'elle et elle réussirait à partir avec eux en montagne !

– En route, cria le professeur, rendez-vous dans deux heures pour le pique-nique, le lieu est indiqué sur les feuilles.

Les petits groupes d'élèves se séparèrent rapidement. Le parcours à faire, les questions de géologie, de biologie et même d'histoire concernant la forêt étaient nombreuses et intéressantes. Pas question de pomper sur des bouquins qu'il n'avaient pas avec eux et tout devait venir de la tête. L'exercice n'était pas facile, mais original ! Heureusement l'expérience du scoutisme de Nicolas lui servit encore, et il n'eut aucun problème pour se diriger grâce à la carte.

Laura n'était pas très à l'aise, elle regardait les deux garçons qui parlaient beaucoup entre eux et devenaient complices en dehors d'elle.

Quand ils rentrèrent tous le soir, ils étaient épuisés, affamés, mais ravis d'une l'expérience qui avait permis à tout un groupe de mieux se connaître.

Seule Laura était malheureuse. Elle admit, pour la première fois, qu'elle n'était pas si forte que cela.

Elle se regarda longuement dans le miroir et se trouva la plus laide qui soit.

Elle se coucha sans même faire sa toilette et pleura longuement en traitant tous les garçons d'égoïstes et de salauds !

14

Le petit groupe de blouses blanches, entrait et sortait des chambres, s'attardant par instant sur un cas un peu plus intéressant ou complexe. La malade au fond de son lit dévisageait alors le Patron aux cheveux grisonnants, que chacun écoutait avec respect. Le Professeur de Riessler examinait avec attention le dossier, les examens, les traitements et posait de rares questions. Il palpa plusieurs ventres, parut satisfait et décrocha même quelques sourires aux patientes.

Pierre ne le quittait pas d'une semelle, sachant répondre avec compétence à toutes ses demandes et interrogations. Le Professeur le regarda fixement par dessus ses lunettes, quand Pierre lui suggéra un diagnostic auquel il n'avait pas pensé au départ.

– Bien, très bien même !

Pierre rougit légèrement devant le compliment, tellement rare de la part du Professeur.

Le tour prit bientôt fin et le groupe des étudiants s'attarda un peu pour écouter encore quelques explications.

En partant, le Professeur de Riessler fixa de nouveau Pierre.

– Je voudrais vous parler, venez dans mon bureau.

Intrigué et un peu inquiet de cette invitation exceptionnelle, Pierre suivit le Patron.

Son bureau était encombré de dossiers, radios, et livres

de médecine et chirurgie. De très belles photos de femmes et d'enfants ornaient les murs.

Il ne s'assit pas derrière son bureau, mais s'installa devant celui-ci, faisant signe à Pierre de prendre la chaise face à lui.

De petite taille, il avait un visage allongé et ridé dans lequel deux yeux très bleus semblaient transpercer son interlocuteur. Il cachait une très grande timidité par une allure froide qui mettait souvent les autres mal à l'aise.

– Je vais aller droit au but, Monsieur Valembois, dit-il. Je n'aime pas faire de compliments, mais je dois reconnaître que je suis très satisfait de votre travail.

– Merci, Monsieur.

– Ne me remerciez pas, je n'ai encore rien dit ! bougonna-t-il.

Pierre sourit et se sentit un peu plus décontracté.

– Vous avez un sens naturel et précis du diagnostic clinique. Vous avez à peine besoin de tous nos examens sophistiqués. Vous sentez les choses de façon rapide et exacte, c'est très bien. Vous n'y êtes pour rien, et ce n'est pas la peine de vous en enorgueillir, vous avez ce don. Faites-le fructifier, il est trop rare à notre époque. Nous sommes anesthésiés par la technique !

– Je crois aussi, continua-t-il que vous serez un excellent chirurgien. Notre discipline gynécologique vous plaît, n'est-ce pas ?

– Beaucoup.

– Je m'en suis rendu compte et je n'ai pas voulu vous

ennuyer avec un détail jusqu'à présent. Je vous ai observé et j'apprécie tout à fait votre travail. Mais il y a un problème que vous avez fui jusqu'à présent et que vous ne pouvez plus ignorer.

– Lequel ? demanda Pierre intrigué.

– Les IVG, mon cher !

– Les IVG, répéta Pierre en soupirant.

– Eh ! oui, je sais bien que vous y êtes opposé, que c'est un acte que je trouve aussi absolument déplorable, sauf dans certains cas, mais nous sommes en service public, avec l'obligation d'appliquer et de faire appliquer la loi qui existe. Vous allez prendre de plus en plus de responsabilités. Je ne puis imposer à de jeunes inexpérimentés de faire des actes dont ne veulent pas leurs aînés.

– Je comprends.

Le professeur se leva et marcha dans le petit bureau, les mains dans les poches de sa blouse.

– Croyez bien, Pierre, dit-il, l'appelant soudain par son prénom, que je ne souhaite qu'une chose : que cette loi devienne caduque, car les Français auront retrouvé le bon sens, mais pour l'instant, nous sommes coincés et dans l'obligation de venir au secours de ces femmes.

– Et les enfants ?

– Oh ! je sais, ne commençons pas ce genre de discussion ! Mais je vous assure que je n'ai envie ni d'avoir les passionarias féministes qui manifestent si on ne fait pas le boulot imposé par la loi, ni les commandos anti-IVG qui vont s'enchaîner dans les salles d'opérations !

– Que faut-il que je fasse ? demanda Pierre avec fermeté.

– Acceptez de faire quelques IVG, pour calmer ceux qui vous reprochent votre attitude et vous en veulent de plus en plus.

– Pourquoi ? J'ai l'impression que cela se passe très bien dans le service ?

– Devant vous oui et chacun reconnaît que vous êtes un excellent médecin, mais les cancans, les jalousies, les coups de vache ne manquent pas, et pour votre carrière, évitez tout cela, c'est un conseil de Patron et je dirais même... d'ami.

– Et pour ma carrière, je devrais sacrifier cet idéal du respect de la vie auquel je tiens absolument ?

– Tout de suite les grands mots ! Vous respecterez toujours la vie, celles des femmes, des couples qui vous demandent de les aider, en pratiquant ces IVG correctement. Dieu sait ce qu'ils pourraient faire autrement. Ce sont eux qui prennent la décision de l'avortement, pas vous.

– Vous voulez dire que les juges sont peut-être coupables mais pas le bourreau ?

Le Professeur de Riessler ne répondit pas et soupira. Pierre reprit:

– Je ne peux accepter de faire des IVG. J'en serai viscéralement incapable, Monsieur.

– Parce que vous croyez peut-être, que pour les autres, c'est agréable ? Il en faut bien pourtant des médecins qui acceptent d'en faire !

– Je suis certain que ce n'est agréable pour personne.

– Oui, mais ils le font quand même, ils en ont le courage, eux !

– Le courage ou la faiblesse ?

– Vous voulez peut-être qu'on laisse ce boulot aux médecins du privé, qui n'en feront qu'une affaire lucrative ? Et une fois de plus il y aura la distinction entre celles qui peuvent se payer ce luxe et les autres qui devront faire appel à des charlatans ?

– La vraie solution est d'aider la femme à accepter l'enfant qui est là et qu'elle rejette, répondit Pierre. Et non seulement accepter, mais accueillir et aimer.

– Ecoutez, Pierre, dit encore le Patron, on ne va pas en discuter des heures ! Je connais à fond votre sens du respect de la vie, je l'apprécie, c'est sans doute ce qui vous donne un plus, dans votre métier. Vous connaissez aussi les obligations de notre service. Alors il n'y a pas trente-six solutions. Vous acceptez de les faire ou j'aurai le regret de vous demander de partir de chez nous. Je ne puis faire autrement et j'en serai profondément désolé, croyez-moi.

Un frisson parcourut Pierre et il devint très pâle.

– C'est un ultimatum ?

– C'est un ultimatum.

Pierre essaya d'avaler la boule qui lui bloquait la gorge. Toute sa vie, tout son avenir se jouait en quelques secondes.

– Je vous donne vingt-quatre heures pour y réfléchir, dit le Professeur.

Pierre se leva, essayant de dominer le tremblement de ses mains et de ses jambes. Il regarda son Patron droit dans les yeux.

– Monsieur, vingt-quatre heures ou des années ne me feront jamais changer d'avis. Je n'accepterai jamais de tuer un enfant, je ne suis pas bourreau mais médecin, et j'ai une trop haute conception de mon métier pour accepter que des législateurs m'imposent ce qui est contraire à la morale. Si vous ne voulez plus de moi, je m'en irai, très triste, mais le cœur en paix.

Il s'approcha de la porte, et se retourna un court instant vers le professeur. Celui-ci le dévisageait, ressentant un vif sentiment d'admiration pour cette force de caractère.

Ils ne se dirent pas au revoir. Pierre referma la porte, et resta un moment appuyé contre le mur, essayant de calmer les battements de son cœur. Il ferma les yeux.

– Cela ne va pas Docteur ?

Une femme de ménage le regardait avec inquiétude.

Pierre ouvrit les yeux et essaya de sourire.

– Si, si, un peu de fatigue, ça va aller.

Il partit comme un somnambule vers les vestiaires.

Pierre Valembois respira à fond en quittant la chaleur lourde de l'hôpital. Il essayait de retrouver le calme, mais une profonde inquiétude l'assaillit. Cette spécialité de gynécologie était toute sa passion, toute sa vie. Il aurait pu invoquer la clause de conscience et forcer le Patron à le maintenir dans le service, mais, comment travailler ainsi dans un climat pourri ?

Sans doute pourrait-il, plus tard, acheter des lits de clinique et s'installer à son compte, mais aujourd'hui, il n'avait pas un sou, n'avait pas terminé tous les examens. Il se reprocha un court instant d'avoir été si ferme avec le Patron, mais se reprit tout de suite. Jamais, non jamais il ne pourrait pratiquer une IVG !

A la fenêtre de son bureau, le Professeur de Riessler réfléchissait. A aucun moment, dans sa longue carrière, il ne s'était trouvé dans une telle situation avec un de ses meilleurs jeunes médecins. Il était furieux de ce qu'il avait dû lui dire et la réponse de Pierre le confortait encore plus dans son idée : un type comme cela irait loin et se démènerait pour ses malades. Il fallait le garder dans son équipe.

Il tourna un instant sur lui-même comme un ours en cage et appuya brutalement sur un bouton de l'interphone. Quand il décidait quelque chose, il fallait que cela aille très vite.

– Mademoiselle, demanda-t-il à l'infirmière de la salle de garde, ici Riessler, le docteur Valembois est-il là ?

– Non, Monsieur, il vient de partir.

– Ah !... Vous avez son numéro de téléphone ?

– Oui, un instant, je vous le communique.

Peu après il entendit le répondeur de Pierre.

– Riessler à l'appareil. j'apprécie votre attitude. J'aime m'entourer de collaborateurs ayant cette force de caractère. Je souhaite que vous restiez dans le service. Nous gérerons nos problèmes d'IVG différemment. Bonne nuit, à demain.

Il raccrocha, satisfait.

Sur la route, la tête en feu, Pierre essaya de se calmer. Il pensa à Magali. Comment lui dire ce qui s'était passé ? Ce n'était pas le moment, avec la naissance qui approchait, de l'en inquiéter. La situation lui semblait à la limite du grotesque. On le virait de son boulot de médecin parce qu'il voulait sauver des vies !

Il se souvint des paroles de Jean Casal et comprit soudain le sens du chantage et de la manipulation dont il parlait. C'était lui aujourd'hui qui vivait cette situation !

Mais il voulait rester libre !

Comment faire ? se dit-il encore, mon Dieu comment faire ?

Le visage de Carole lui apparut soudain en imagination, elle qui avait avorté et qu'il avait accueillie. Elle les avait quittés depuis quelque temps retournant vivre dans son petit studio à Lille. Elle était beaucoup mieux, avait retrouvé le goût du maquillage et commençait à redresser les épaules. Plusieurs fois par semaine elle téléphonait à Magali, pour s'assurer que la naissance n'avait pas encore eu lieu.

– Je reste dans le Nord jusqu'à ce que le bébé vienne, disait-elle. Je fais une halte dans les concerts, l'essentiel est que je puisse travailler tranquillement.

Elle ne parlait jamais de l'IVG qu'elle avait subie et Magali respectait son silence, se demandant bien ce qui pouvait se passer dans sa tête !

Elles papotaient, riaient, puis soudain Carole se fermait comme une huître. Le regard dans le vague, au- delà de la réalité. Peu après elle se secouait, se raccrochant à l'instant présent.

Pierre et Magali souffraient de son instabilité sans bien savoir comment faire pour l'en sortir. Ses rires n'étaient que façade, pour plaire à ses amis. Elle essayait de s'accrocher à la vie, mais que c'était difficile !

Pierre conduisait lentement, ne prêtant guère attention à la route. Il se secoua tout à coup en regardant l'heure. Déjà 19 H ! Pauvre Magali, comme elle devait trouver le temps long... enfin elle sera bientôt délivrée. Il se promit de ne rien laisser paraître de ses ennuis du moment.

Les voitures étaient nombreuses sur le périphérique et une fois de plus un gros bouchon, dû à une camionnette ignorant sa hauteur et coincée sous un mini tunnel, le fit rager d'impatience.

Enfin Pierre arriva chez lui. L'appartement était sombre. Aucune lampe n'était allumée. Il s'inquiéta et fébrilement chercha Magali.

– Magali ! Magali !

Il ouvrit la porte de la chambre: personne, le séjour était bien en ordre, la cuisine aussi. Il fit le tour des pièces et remarqua enfin un papier près du téléphone.

«Le bébé s'annonce, j'ai essayé de te joindre, sans succès, je préfère ne pas attendre. Carole me conduit à la maternité. Dépêche-toi. Nous t'attendons... enfin on va essayer ! Je t'aime. Ta petite femme».

Comme un fou, Pierre dévala l'escalier sans attendre l'ascenseur et fonça vers la clinique. Il n'avait pas remarqué qu'il y avait un message sur le répondeur.

15

Pierre Valembois se précipita dans le hall d'entrée de la maternité où une secrétaire hilare essaya de le calmer.

– Votre épouse ? Son nom, Monsieur ?

– Valembois.

Pierre s'énervait. Pourquoi ne lui disait-elle pas tout de suite où rejoindre Magali ? Elle le faisait exprès ce n'était pas possible !

– Ah ! je ne l'ai pas encore dans mes listes d'entrée. Attendez je vais vérifier.

– Faites vite, s'il vous plaît !

– Je fais ce que je peux, Monsieur, mais vous savez, un bébé ne vient pas au monde en un quart de seconde !

– Je sais, je suis médecin !

– Oh ! pardon, je ne savais pas.

– Que vous le sachiez ou non, c'est pareil, où est ma femme !

– Voilà, voilà. Elle est au premier étage. Pren...

Elle n'eut pas le temps de finir sa phrase que Pierre s'engageait déjà dans l'escalier, négligeant l'ascenseur trop lent pour ses nerfs mis déjà à vif après la discussion avec le Patron.

Arrivé à l'étage, il tourna sur lui-même.

– Pierre !

– Carole !... Où est-elle, comment va-t-elle ?

Carole l'embrassa.

– Elle va bien, ce n'est que le début, elle est dans cette pièce, ici, en salle de travail, on m'a demandé de sortir un moment. Elle va être contente de te voir, elle avait si peur que tu arrives trop tard.

– Moi aussi j'ai eu peur de ne pas arriver à temps ! La secrétaire, en bas, a cru que j'étais débile !

La porte de la chambre s'ouvrit. Une infirmière sortit et fit signe à Carole d'entrer. Celle-ci s'effaça devant Pierre.

– Bon, eh bien je vous laisse, dit Carole.

– Merci Carole, merci infiniment pour ton aide !

– C'est normal...

Pierre l'embrassa avec affection.

– Je t'appelle.

Pierre pénétra dans la chambre, qui ressemblait à toutes ces chambres de cliniques et hôpitaux. Elle était cependant un peu différente dans la mesure où, accolée à la salle de garde, elle ne servait que de lieu de passage pour les femmes sur le point d'accoucher.

– Comment vas-tu ? s'inquiéta Pierre.

Magali lui sourit.

– Couci-couça. Entre les contractions pas de problème, mais quand le ventre se durcit, j'ai l'impression qu'il y a un poids énorme qui veut m'écraser.

Elle s'arrêta soudainement et grimaça...

– Ça y est, cela recommence.

– Respire, ma chérie, respire comme on te l'a appris.

Magali hocha la tête et se concentra, pour ne pas sentir cette poigne de fer qui l'étouffait presque !

Bientôt on vint la chercher pour poser la péridurale, qui lui permettrait de mettre au monde son bébé sans souffrir.

L'anesthésiste lui avait expliqué ce qu'il allait faire et elle se laissa mener docilement.

Elle fut bientôt installée, assise sur une table, les pieds posés sur un petit escabeau. Elle fit le dos rond, ayant l'impression désagréable de comprimer son enfant.

Une infirmière lui maintenait les épaules.

Elle sentit le contact humide et froid de l'alcool iodé qu'on lui badigeonnait dans le bas du dos. La piqûre la fit sursauter, bien que ce fut moins douloureux qu'elle ne le craignait.

Le médecin réussit du premier coup à bien positionner l'aiguille de anesthésie, permettant à Magali de gérer l'accouchement sans ressentir les douleurs.

La sage-femme s'activait près d'elle. Il y avait du va-et-vient dans la pièce. Bientôt elle ne sentit plus le bas de son corps. Une curieuse sensation !

Pierre put entrer dans la salle. Il avait tempêté en disant qu'il était médecin, la sage-femme n'avait pas voulu le faire entrer plus tôt. Il en était furieux !

Sur l'écran du monitoring, les contractions se montraient de plus en plus fortes et régulières.

Magali était très calme et suivait tout ce qui se passait autour d'elle avec intérêt, ayant un peu de difficulté à réaliser que tout ce monde s'agitait pour elle.

Le médecin obstétricien l'examina.

– Il arrive ce petit, il arrive vite pour un premier ! Vous allez faire exactement ce que l'on va vous dire et pousser aux bons moments. Bon, tout va bien, tout va bien.

Il avait l'habitude de répéter deux fois la même phrase. Maigre et petit, il avait les mains très fines, comme si la nature avait deviné qu'elles pourraient ainsi lui être très utiles !

Magali sentit son ventre se durcir très longuement.

– Allez-y maintenant, poussez, poussez.

Elle s'arquebouta et poussa de toutes ses forces.

– Reposez-vous, respirez...

Une nouvelle onde la parcourut et de nouveau elle essaya d'extraire de son corps cette boule dure. Elle avait bien des difficultés à se rendre compte qu'il s'agissait d'un enfant !

Pierre aperçut les cheveux mouillés, puis un petit visage grimaçant, et soudain un corps bleuté glissa de Magali, attaché par un long cordon blanchâtre.

Un cri retentit dans la pièce.

– Un beau garçon ! Il a tout ce qu'il faut ! s'exclama le médecin, aussi enthousiaste et ému que si c'était son premier accouchement.

L'enfant fut posé contre la poitrine de Magali, enveloppé d'un linge. Instinctivement sa bouche agrippa le sein et les cris s'arrêtèrent.

Magali ne pouvait détacher son regard de cette petite chose toute fripée, chaude et humide, nichée contre elle... Mon fils, se dit-elle, mon fils...

Pierre touchait délicatement la main de l'enfant du bout des doigts.

– Il est beau, dit-il simplement, trop ému et tremblant pour exprimer quoique ce soit d'autre.

Il se pencha sur Magali et l'embrassa doucement.

– Comment l'appelez-vous cet enfant ? demanda le médecin.

– Matthieu, répondit Magali tandis que la sage-femme reprenait l'enfant pour que le médecin puisse l'examiner sous toutes les coutures.

– Bien, bien, tout est bien, continua celui-ci. Allez mon cher confrère, allez prendre un bon café, vous n'avez rien dit et rien fait depuis une bonne demi-heure, mais vous me semblez complètement épuisé !

Pierre sourit.

– C'est plus difficile d'être époux et père que d'être médecin !

– A qui le dites-vous, à qui le dites-vous ! J'en ai six à moi ! Quelle angoisse à chaque accouchement !... mais quel bonheur aussi.

Il parla d'un ton si doux, qu'on l'entendait à peine...

– Une naissance, c'est à chaque fois une nouvelle éternité, un nouveau mystère.

Beaucoup plus tard, après avoir téléphoné la bonne nouvelle à toute la famille, Pierre rentra chez lui.

Il était épuisé. Quelle journée ! Une catastrophe et un merveilleux bonheur ! Plusieurs fois durant l'accouchement les paroles de Riessler lui étaient revenues à l'esprit. Quand il vit le petit Matthieu, il ressentit une grand sérénité. Ce petit bout de chou, dans toute sa fragilité, était le signe évident qu'il devait tenir bon.

Il se versa un verre de whisky et remarqua alors l'indication des messages sur le répondeur. Il brancha l'appareil tout en portant le verre à la bouche. Il s'arrêta au milieu de son geste en reconnaissant la voix du Professeur.

«Riessler à l'appareil. J'apprécie votre attitude. J'aime m'entourer de collaborateurs ayant cette force de caractère. Je souhaite que vous restiez dans le service. Nous gérerons nos problèmes d'IVG différemment. Bonne nuit, à demain.»

Il inspira profondément et ressentit une telle joie qu'il aurait volontiers téléphoné tout de suite à Magali pour tout lui dire. Mais il était trop tard.

Il fallait qu'il appelle le Patron chez lui pour le remercier de sa confiance. Il mit du temps à trouver son numéro.

– Ah ! tout de même, dit celui-ci, je me demandais ce que vous faisiez et si vous aviez écouté mon message !

– Je rentre à l'instant, excusez-moi, ma femme vient d'accoucher.

– Ah, bravo !

– Un fils, Matthieu, il est magnifique. Et... je voulais vous remercier pour votre confiance. Je suis très touché.

– Bon, bon... c'est mon cadeau de naissance en quelque sorte ! coupa le Professeur de Riessler, mais nous n'allons pas nous attendrir. Allez bonne nuit, vous devez avoir besoin de dormir ! On reparlera de certains détails demain.

– Bonne nuit, Monsieur... et merci encore.

Pierre eut toutes les peines du monde à trouver le sommeil !

16

Jean Casal fut très ému quand il apprit qu'il était arrière-grand-père. Il aimait beaucoup tous ses petits-enfants, mais avait toujours eu une affection particulière pour Magali qui ressemblait à sa femme, Marie. Penser qu'elle était devenue femme et mère, l'avait beaucoup impressionné. Sans doute se remémorait-il la naissance de ses propres enfants, avec la facilité déconcertante des vieillards pour se souvenir avec précision des événements les plus lointains et oublier facilement la personne rencontrée la veille.

Carole avait été le chercher à la maison de retraite, tant il était impatient d'embrasser le petit Matthieu. Il avait cherché ce qui pourrait faire plaisir à Magali et portait dans sa poche un paquet enveloppé avec amour.

Il toussait toujours malgré les sirops que Pierre le forçait à prendre.

– C'est la vieillesse qui râcle un peu, ne t'inquiète donc pas, lui disait-il. Occupe-toi de ta petite femme et de ton fiston, laisse les vieux tranquilles !

Têtu, il ne voulait pas être examiné, mais avait quand même accepté un traitement simple pour essayer de passer des nuits un peu plus agréables. Il restait des heures assis dans son fauteuil, trop fatigué pour lire, la toux l'étouffant quand il essayait de se coucher. Il lui arrivait alors d'y tomber endormi une heure ou deux, la tête mal appuyée sur un oreiller qui glissait. Courbaturé, épuisé, il voyait arriver le jour avec soulagement, appréhendant la prochaine nuit.

Il avait pris une grosse dose de sirop avant de partir voir Magali, pour ne pas l'inquiéter et surtout ne pas donner de microbes au petit.

Carole était rayonnante, comme si cette naissance était sienne. Magali lui avait demandé d'être la marraine, elle en avait été plus émue qu'elle n'avait bien voulu le laisser paraître.

Parfois elle repensait à un même bébé dont elle n'avait pas voulu. Mais tout n'était que brouillard. La présence de Pierre, de Magali, de Jean Casal l'avait plongée dans un nouveau monde fait de rires, d'espérance et de vie... ce n'était pas son monde.

Elle avait rejeté un enfant qu'elle avait assimilé à sa vie de souffrance. Et pourtant, imprimée au fond de son cœur, cette souffrance ne voulait pas disparaître. Elle se reprochait parfois d'avoir ainsi supprimé cette grossesse, mais elle avait beaucoup de difficulté à penser qu'il s'agissait d'un enfant à elle ! Sauf quand elle avait le petit Matthieu dans les bras ! Pourrait-elle un jour revenir en arrière, quand elle avait dix-huit ans, quand elle vivait avec l'Amour ? Pourrait-elle effacer ses errances, oublier ses erreurs ?

Elle avait honte parfois de ne pas écouter les autres et de ne penser et parler que d'elle-même ! Cela faisait six ans qu'elle était prisonnière de sa solitude et du silence qui avaient transformé sa souffrance devant la mort de Stanislas, en une cuirasse qui la rendait inaccessible aux autres.

Jean Casal marchait très doucement, le pas mal assuré. Il s'appuyait sur Carole d'un côté et sur sa canne de l'autre.

Elle le trouvait soudain très vieilli. Ses yeux étaient larmoyants, ses joues couperosées, ses mains tremblaient. Mais il parlait encore d'une voix ferme. Elle se dit en frissonnant qu'il mourrait peut-être bientôt et serra plus fortement son bras.

Ils entrèrent dans la chambre.

Assise, le dos appuyé aux oreillers, Magali, le teint rose, bien coiffée, avait le bébé contre elle. Il tirait goulûment sur son sein, gonflé de lait.

– Ma petite chérie, dit Jean Casal la voix soudainement tremblante, ma petite-fille !

– Bon-Papa ! Voilà ton arrière petit-fils ! Il est beau n'est-ce pas ?

Jean Casal s'approcha du lit en clopinant et sa main ridée toucha la menotte du bébé. Il osait à peine le caresser.

– Il ne faut pas le déranger, c'est important de bien manger !

– Il l'a bien compris, ne t'en fais pas et il grossit très bien.

Jean Casal s'assit pesamment. Il fouilla dans sa poche et en tira le paquet au papier chiffonné. Il essaya de le lisser un peu et le tendit à Magali.

– Ce n'est pas un très beau paquet, mais j'espère que ce qu'il contient te fera plaisir.

– C'est trop gentil Bon-Papa, merci !

– Attends avant de dire merci, tu vas peut-être être très déçue.

– Venant de toi, cela m'étonnerait !

Magali se recouvrit le sein. Le bébé s'était endormi, et faisait encore des petits mouvements de succion avec les lèvres.

Elle prit le paquet et dévisagea son grand-père en souriant.

– J'espère que tu n'as pas fait de sottises !

– Et le respect ! Un grand-père ne peut plus faire de sottises, voyons.

Magali ouvrit la petite boite. Sur un morceau de coton hydrophile, se trouvait un beau collier serti de perles et d'émeraudes.

– Oh ! Bon-Papa ! Quelle folie !

– C'est la folie de mon amour pour toi et pour ce petit. Et j'ai voulu honorer la maman. Ce collier Magali, appartenait à ta grand-mère. Je le lui ai offert pour nos dix ans de mariage. Puisse-t-il être, pour toi, significatif de tout le bonheur que j'ai connu avec ma chère épouse.

Magali était muette d'émotion, non seulement pour la beauté du bijou, mais pour tout ce qu'il signifiait. Elle voyait son grand-père vieillir, elle avait dans ses bras une petite vie... et ce collier était l'histoire d'une vie, une histoire d'amour.

Ils parlèrent un peu, mais Jean Casal se sentit soudainement très fatigué ; il avait fait ce qu'il voulait faire, il avait vu l'enfant, il lui fallait partir maintenant.

– Je suis un peu fatigué mon petit, et toi aussi il faut

que tu te reposes, Magali. Cela ne te fait rien, Carole, de me reconduire dans mon antre ?

Carole et Magali se regardèrent, inquiètes. Son visage était très pâle.

– Cela va aller, Bon-Papa ? Tu ne veux pas que l'on appelle quelqu'un ? Tu n'as pas l'air d'aller bien du tout ?

– Mais si, mais si, un peu de fatigue, c'est tout. Allez ma petite, à bientôt et repose-toi bien. Encore toutes mes félicitations pour ce magnifique bébé.

Il n'embrassa pas Magali mais lui serra la main dans un geste de tendresse. Sa main était chaude, trop chaude. Ses prunelles étaient brillantes, il sentait que la fièvre le rongeait.

L'arrivée jusqu'à la voiture fut très pénible. Plusieurs fois, Carole crut qu'il allait tomber. Anxieuse, elle roula assez vite pour arriver à la maison de retraite où, l'espérait-elle, on pourrait appeler un médecin.

Jean Casal tombait dans une légère inconscience quand Carole se gara juste en face de l'entrée de la maison. Elle sortit de la voiture, en courant, pour chercher de l'aide. Elle revint rapidement avec une employée de service et poussa un cri en le voyant affaissé sur le côté. Il respirait difficilement.

Elle le secoua légèrement. Il essaya de se redresser et lui adressa un sourire crispé.

– Je te cause du tracas ma petite, excuse-moi, dit-il faiblement.

On le transporta rapidement dans sa chambre, le Samu fut appelé et on décida de son hospitalisation. Le cœur était très faible, il manifestait une insuffisance respiratoire importante.

– Carole ? appela-t-il, Carole ?

– Oui, je suis là, Monsieur, dit Carole qui s'était un peu effacée devant le déploiement du corps médical au chevet de cet homme qu'elle aimait plus qu'un père.

– Tu veux bien rester avec moi ? Encore un peu... j'ai tant de choses à te dire... Il ne faut pas que je parte avant de te les avoir dites. Tu veux bien rester encore un peu ?

– Je ne vous quitte pas, promis, lui murmura-t-elle.

L'ambulancier l'avait mis sur un brancard. Il regarda Carole.

– Vous êtes de sa famille ? Vous l'accompagnez ?

– Oui, je l'accompagne.

– C'est ma petite-fille, chuchota M.Casal péniblement, elle reste avec moi.

Carole frémit en l'entendant. Elle lui serra la main pour lui manifester, comme elle le pouvait, à quel point cette marque d'affection l'avait touchée au cœur.

L'ambulance se frayait un chemin rapidement au milieu du flot de voitures, la sirène en harmonie avec son clignotant bleu qui se réfléchissait sur les vitres des devantures des magasins.

Accroupie à côté de lui, Carole essayait d'entendre ce qu'il voulait lui dire.

– Ma petite, il faut que tu saches, que tu saches que tu ne dois jamais revenir sur le passé, sauf si cela te sert pour construire le futur... Je sais ce que tu as fait...

Carole sursauta,

– ...Je ne te le reproche pas ce que tu as fait. Tu étais prise dans les mailles d'un filet de peur, de solitude, d'incompréhension. Tu t'es laissé mener là où la société conduit ceux qu'elle ne peut aider. Elle abandonne sous prétexte de lois complètement mauvaises, les plus pauvres, les plus démunis. La mort a rôdé autour de toi, beaucoup trop tôt ma petite, tellement trop tôt...

Il s'arrêta un instant, à court de souffle.

– Il faut vous taire maintenant, murmura Carole, vous vous fatiguez.

– Non, il faut que je te dise encore quelque chose, après je le sais, je ne pourrai plus. Je m'en vais Carole, je m'en vais rejoindre ma Marie. Je n'ai pas peur tu sais. Un moment, la vie s'en va doucement, et on arrive de l'autre côté, à une vie encore plus belle... Carole, écoute, écoute.

Il s'agrippa à la veste de Carole qui s'approcha encore plus près de son visage.

– Tu as reçu beaucoup de talents Carole, tu as en toi tellement de qualités, essaie d'en faire profiter les autres, c'est là que tu trouveras le bonheur. N'oublie pas Stanislas, demande-lui de t'aider, n'oublie pas ce petit que tu avais en toi, qu'il t'aide à aller de l'avant.

Il émit un curieux sifflement, sa poitrine se souleva plusieurs fois à la recherche d'un peu d'air. Carole était de plus en plus angoissée à côté de lui.

L'ambulancier la regardait. Il haussa les épaules ; il ne pouvait pas faire grand'chose, si ce n'est lui donner un peu d'oxygène, ce qu'il fit.

Le masque sur le visage, le vieillard respira un peu mieux. Ses yeux se fixèrent un instant sur Carole, puis il les ferma, soulagé de mieux respirer et épuisé par la conversation.

Entraînée dans des ascenseurs, de longs couloirs blancs, Carole courait à côté du brancard où Jean Casal reposait, inconscient maintenant. Elle aboutit à la porte d'une chambre qu'on lui referma à la figure.

Désemparée un instant, elle chercha un téléphone pour prévenir Pierre. Elle espérait qu'il était chez lui et non près de Magali qu'elle ne voulait pas inquiéter.

Elle se sentait curieusement chargée d'une terrible mission auprès d'un homme qu'elle avait peu, mais si intensément, connu. Un homme qui avait une famille, une grande famille. Et c'était elle, une étrangère, qui l'avait accompagné ici.

Elle eut le répondeur de Pierre et se sentit encore plus seule.

Elle attendit de longues minutes, marchant de long en large dans le couloir. Enfin on lui fit signe de rentrer dans la chambre.

C'était une pièce sans fenêtre donnant d'un côté sur le couloir, de l'autre sur la salle de garde des infirmières d'où l'on pouvait constamment surveiller les patients. On lui posa des questions sur le malade. Elle ne put évidemment rien dire et demanda qu'on essaye, d'une manière ou d'une autre, de joindre Pierre Valembois, à l'hôpital ou à la maternité.

Elle resta bientôt seule près du malade.

Elle approcha sa chaise du lit.

Le grand-père était très pâle, une perfusion diffusait son goutte à goutte dans un de ses bras. Un monitoring traçait la courbe du rythme cardiaque sur un écran, un petit tuyau dans le nez diffusait de l'oxygène.

Il ouvrit les yeux, essayant de repérer ce lieu inconnu.

Carole lui prit la main, et il se tourna vers elle.

– Tu es encore là mon petit, tu es gentille. Cela va aller mieux !

Carole lui sourit se demandant ce qu'elle pourrait faire pour aider le vieil homme.

Il essaya encore de parler.

– Ecoute-moi Carole, je suis têtu tu sais. Est-ce que tu as compris ce que je voulais te dire ? Il faut vivre Carole, il faut lutter. Au fond de toi-même il y a tant d'amour.

Carole avait beaucoup de difficulté à saisir le sens de ce qu'il disait, et pourtant chaque mot s'inscrivait dans sa mémoire au fer rouge.

Elle entendit la porte de la chambre s'ouvrir. Elle se retourna et vit Pierre qui entrait.

– Pierre ! Que je suis soulagée de te voir ! Tout cela s'est passé si vite... je ne pouvais pas le laisser tout seul.

– Je ne sais comment t'en remercier, tu as très bien fait.

Il s'approcha du vieil homme qui avait les yeux clos.

– Bon-Papa, Bon-Papa, c'est moi Pierre, vous m'entendez ?

Il ouvrit les yeux légèrement, et esquissa un petit sourire.

– Je dérange tout le monde, dit-il dans un souffle. Pierre je suis content de te voir ! Approche-toi, il faut que je te dise quelque chose d'important. Tu es médecin Pierre, il faut...

Il s'arrêta un instant, recherchant au fond de lui-même quelques parcelles d'énergie. Il reprit d'une voix faible, ses phrases étaient hachées.

– Pierre, Pierre, tu dois empêcher ceux qui font le mal d'agir... C'est ton devoir... parce que tu es médecin que tu es jeune... Toutes ces lois, pour protéger et libérer la femme, c'est faux, Pierre, c'est faux. Il faut arrêter les menteurs, il faut... promets-moi de ne pas te taire... Il faut sauver nos petits, il faut faire vivre notre... notre belle France... promets-moi Pierre, après... après je pourrai partir... Carole, où est-elle ?

– Je suis là.

– Merci ma petite et sache que... je serai... toujours... avec toi.

Il ferma de nouveau les yeux, sa mâchoire se crispa. Sa main qui enserrait celle de Pierre se relâcha.

Pierre enserra Carole dans ses bras. Ils étaient conscients de la fin qui était proche.

– J'ai prévenu ses enfants, ils vont arriver, dit Pierre.

– Je crois que moi, je vais partir, chuchota Carole, je vais vous laisser en famille.

– Puis-je te demander encore un service ?

– Si je peux.

– Va auprès de Magali, elle est très inquiète et attend que je l'appelle pour avoir des nouvelles. Il est préférable d'être à deux.

Carole hocha tristement la tête. Elle s'approcha de ce vieil homme qu'elle aimait tant, l'embrassa et lui murmura à l'oreille :

– Comptez sur moi et merci... je... je prie pour vous.

Il ne remua point, il respirait à peine et son visage se détendait peu à peu.

– Pierre, dit-il soudain... un prêtre... je veux... un... un... prêtre.

Au bord des larmes, n'en pouvant plus, Carole sortit de la chambre.

Pierre regarda ce grand-père si extraordinaire, qu'il l'aurait voulu immortel.

Il rechercha le numéro de l'abbaye du Frère Paul et il vit alors Jean Casal la tête sur le côté, respirant avec difficulté, cherchant à aspirer l'air.

Sans avoir repris conscience, il s'éteignit doucement, trois jours plus tard.

17

Pierre Valembois essayait de refaire surface après sa semaine trop riche en événements : la naissance de Matthieu, la discussion avec le professeur de Riessler et le décès de Jean Casal.

Enfin il reprit le cours normal de son travail sans avoir eu le temps de revoir le Patron en tête à tête. Celui-ci lui avait simplement serré la main en souriant bizarrement. Son regard était encore plus bleu. Pierre, connaissant son caractère timide et bourru, en avait été touché.

Pierre avait longuement discuté avec le Professeur de Riessler du cas de malformation cardiaque du bébé de Clotilde Léandre, la sœur de Justine. Il confirma le diagnostic de malformation cardiaque gravissime.

– Le docteur Valembois avait vu juste, dit-il au jeune ménage qu'il reçut après l'échographie. Il n'y a malheureusement pas de doute possible. L'enfant vivra normalement jusqu'à la naissance, mais il est peu probable qu'il survive ensuite.

Clotilde et Patrick eurent l'impression de tomber dans un gouffre sans fond, sans aspérité pour y accrocher les doigts et avoir un quelconque espoir de remonter.

– Il est obligatoire aujourd'hui d'envisager la suite de votre grossesse, continua le Professeur

– Qu'entendez-vous par là ? demanda Patrick.

– Eh ! bien... il s'interrompit un instant. Je vais me placer d'abord sur le plan strictement médical. Aucun doute n'est possible aujourd'hui, votre enfant sera malheureusement incapable de vivre plus de quelques heures après la naissance, quelques jours tout au plus. L'opération n'est pas envisageable chez le tout nouveau-né et nous ne pouvons rien faire *in utero*. La médecine a ses limites.

– Cela nous l'avons compris, dit Patrick en serrant doucement la main de Clotilde qui regardait le médecin fixement, comme si elle cherchait sur son visage la solution à ce drame. Que faut-il faire alors ?

– Il n'y a que deux solutions : poursuivre la grossesse normalement, ce sera encore quatre mois et demi, très difficiles à vivre psychologiquement. Mais il n'y a aucune raison que votre grossesse et l'accouchement ne se passent pas normalement.

– La deuxième solution, dit Patrick ?

– Une solution naturellement proposée dans ce cas : l'avortement thérapeutique.

Clotilde serra plus fortement la main de Patrick.

Le Professeur de Riessler continua...

– Ce qui vous permettrait de vous remettre plus vite, sans avoir la fatigue d'une fin de grossesse et d'un accouchement, et d'envisager un autre enfant plus rapidement si vous le souhaitez. Le handicap de cet embryon –il évitait le terme d'enfant qui lui semblait plus douloureux– n'est pas héréditaire. C'est un accident de la nature, comme il y en a tant depuis toujours. La différence réside dans le fait qu'on les détecte aujourd'hui et que l'on a la possibilité, faute de pouvoir les soigner, d'agir, je ne dirais pas pour le bien, mais pour le moins mal possible.

Le Professeur était très mal à l'aise. La détresse de Clotilde et de Patrick le bouleversait, comme à chaque fois qu'il se trouvait devant des parents effondrés.

– C'est difficile n'est-ce pas, ce choix de l'avortement ? C'est, dans le cas présent, agir en accélérant un processus naturel. Vous pouvez ne pas le faire, bien sûr. Ce serait un choix courageux que vous ne pourrez assumer qu'en magnifiant en quelque sorte cette naissance, qui ne sera qu'éphémère, humainement parlant. C'est une façon d'aimer cet enfant jusqu'au bout. Un enfant que vous ne connaissez pas et que vous ne connaîtrez pas ou si peu de temps. C'est un choix très difficile psychologiquement, physiquement et moralement. Vous êtes libres d'agir comme vous le souhaitez, et vous êtes dans un cas où les femmes demandent l'IVG.

– Il faudrait que... j'avorte ? dit Clotilde en hésitant sur le mot.

– Ce serait normal et compréhensible, que vous choisissiez, l'un et l'autre, de le faire.

– Vous, dit brutalement Patrick, si vous étiez le père, qu'est-ce que vous feriez ?

Le Professeur le dévisagea, puis baissa les yeux en contemplant le stylo qu'il triturait. Puis il regarda Clotilde.

– C'est épouvantablement difficile et humainement insupportable. J'ai trop de respect pour la vie d'un enfant pour admettre les IVG, mais si vous étiez mon épouse,

Madame, je ne sais si je saurais vous forcer à vivre, heure par heure, une grossesse qui n'aboutira à... rien. D'un autre côté, personnellement, je pencherais plutôt pour le respect de l'ordre naturel des choses. L'avortement est un acte décisif, irrémédiable. Tant qu'il y a de la vie, il y a de l'espoir, dit le dicton... C'est tellement vrai, dans ce cas... et je me raccrocherais à cela.

– Peut-il y avoir un espoir, même infime ? demanda alors Clotilde.

– Il y a toujours une potentialité d'erreur dans un diagnostic, une erreur toute petite ou une évolution que l'on ne peut absolument pas prévoir dans l'état actuel de nos connaissances.

Patrick et Clotilde se regardaient, la tendresse se mélangeait à la douleur.

– Nous devons cependant prendre une décision rapidement continua le Professeur, à cause de la technique de l'IVG, plus facile quand la grossesse n'est pas trop avancée. Je voudrais que vous compreniez que, quelle que soit cette décision, vous devez l'assumer avec quiétude, sans culpabilité d'aucune sorte, sans chercher non plus la responsabilité ou les causes de cette anomalie: cela relève du travail du médecin.

Si vous choisissez l'IVG, tout ira pour le mieux et on vous aidera à vous remettre sur pied physiquement et... dans le cœur.

Si vous choisissez de garder l'enfant jusqu'au bout, soyez certains que nous ferons le maximum pour que vous viviez cela le plus sereinement possible et pour que l'enfant ne souffre pas, le moment venu.

– Est-ce que l'enfant souffre lors de l'IVG ? demanda soudain Clotilde.

Le Professeur haussa les épaules, n'osant rien affirmer.

– Pourtant, on nous dit qu'il faut être gaie, chanter, rire, car l'enfant que l'on porte en soi ressent tout cela inconsciemment, reprit Clotilde, avec logique. Si je le rejette, si on le... supprime, il va le sentir, non ?

– Peut-être, mais personne ne peut rien affirmer, car on n'a pas la mémoire de notre vie intra-utérine. C'est encore très mystérieux tout cela.

Il poursuivit tout haut.

– Je vais vous laisser deux ou trois jours pour réfléchir et demander conseil auprès de vos familles, ou de psychologues, ou de qui vous voulez.

Il se leva et voulut leur montrer un geste d'attention.

– Je vais demander à la secrétaire de vous apporter une tasse de café, vous en avez bien besoin.

Après son départ, Patrick se leva et se mit à marcher de long en large dans le petit bureau, interrompu un instant par une jeune secrétaire médicale à la blouse blanche, qui déposa sur le bureau deux tasses pleines d'un café fumant.

Patrick s'assit de nouveau et entoura Clotilde de ses bras.

– Comment ça va, chérie ?

Elle hocha la tête tristement.

– Que faut-il faire à ton avis ?

– Je ne sais pas, je ne sais pas, répéta-t-il en laissant échapper un gros soupir. Il faudrait effectivement que nous puissions en discuter avec quelqu'un d'autre, pas forcément des médecins, pourquoi pas la psy d'ici ?

– Non, pas de psy, grimaça Clotilde, j'ai envie de demander conseil au Père Philippe, qui nous a mariés. Il nous aime bien, nous connaît. J'ai besoin de son avis, et de son soutien.

– Parles-en à Justine aussi.

– Oh ! elle ! Je connais d'avance sa réaction, c'est l'IVG, elle l'admet très bien, elle en voit tellement tous les jours.

– Le Professeur de Riessler aussi, mais il ne l'indique pas forcément, murmura Patrick.

Ils partirent, lourds de leur chagrin et de leur angoisse. Assommés par la décision urgente à prendre, se sentant complètement petits et démunis, devant cette responsabilité qui leur était échue tout à coup.

Épuisée, Clotilde pleura énormément, elle ne trouvait plus le sommeil, mangeait difficilement. Le teint blafard, les yeux cernés, elle ne se regardait plus dans un miroir, évitant à tout prix de voir sa silhouette légèrement empâtée et dont elle était si fière il y a seulement quinze jours de cela !

Elle serrait confusément Eulalie et Julien en les embrassant et les cajolant plus que de coutume.

– Pourquoi tu pleures quand tu m'embrasses, dis maman, demandait Eulalie, tu ne m'aimes plus ?

– Oh ! non ma chérie, c'est le contraire, répondait en souriant tristement Clotilde.

– Alors ? Alors pourquoi t'es triste ? Il faut être gaie, parce que le petit bébé qui est dans ton ventre, il va pleurer aussi ! reprit naïvement la fillette.

Clotilde caressa les cheveux bouclés de sa fille, se pinçant les lèvres tant les sanglots lui étreignaient la gorge.

Il ne doit pas pleurer ce bébé, il doit vivre heureux, il doit... vivre... Vivre ! C'est elle qui lui donnait la vie entièrement. Le jour où il la quitterait pour aboutir dans le monde terrestre, il mourrait. C'est elle qui, en le mettant au monde, le tuerait ! Elle ne pouvait se détacher de cette idée.

Elle tournait, retournait toute cette angoisse sans pouvoir trouver de remède à son désespoir.

18

Le Père Philippe avait comme principe qu'il fallait savoir goûter les saveurs de toutes ces bonnes choses que le Bon Dieu avait mises à sa disposition ! Il aimait rappeler qu'après tout, le premier miracle du Christ était très gai, puisque celui-ci, étant à un mariage, avait eu assez d'humour pour transformer l'eau en un excellent vin ! Allez dire après cela que la religion catholique est triste et hors du temps ! Ah ! ce Dieu, qui répare les estropiés, transforme les cœurs, aide les plus pauvres, se tait pendant trente-trois ans, pour jaillir à la face du monde et tout révolutionner d'Amour, en trois petites années ! Aucune autre religion ne lui paraissait aussi moderne, puissante, joyeuse, prodigieusement humaine et spirituellement si réconfortante ! Ah ! disait le Père Philippe, si je pouvais transmettre cette richesse à mes ouailles, je serais un homme comblé !

Il était très grand, un ventre un peu proéminent, témoin de ces petites choses bien sympathiques qu'il ne fallait pas laisser au fond d'un plat... Le petit ventre avait quand même tendance à diminuer à la fin du Carême, période qu'il redoutait toujours !

Une voix de ténor particulièrement puissante, un visage rougeaud, des yeux pétillants de malice, il ne passait jamais inaperçu, arborant avec fierté son col romain. Eh ! il faut bien que les gens sachent que je suis curé, disait-il en riant, sinon, comment est-ce qu'ils oseraient me confier toutes leurs petites misères ! Et on lui en confiait des misères et d'énormes parfois, comme s'il était possible de puiser en lui une parcelle de la puissance d'un Dieu qui le faisait éclater de bonheur.

Le Père Philippe accueillit Patrick et Clotilde Léandre avec effusion, embrassant Clotilde sur les deux joues.

– Entrez, entrez ! Asseyez-vous !

Ils regardèrent le bureau du Père cherchant vainement une chaise libre.

La pièce était petite. Aux murs, un papier peint aux ramages orange et brun datait d'une trentaine d'années au moins. Il disparaissait par endroits derrière des étagères où les bouquins, empilés n'importe comment, jonglaient avec des statues impassibles de la Vierge, qui semblait regarder ce fouillis avec amusement. Des rondelles de bois, souvenirs de tous les camps scouts qu'il avait accompagnés, étaient posées sur les appuis de fenêtres, grises de poussières. La femme de ménage avait renoncé depuis longtemps à se frayer un chemin au milieu des montagnes de souvenirs qu'il ne fallait surtout pas déranger sous peine de voir un cataclysme provoqué par les rugissements du Père !

Patrick et Clotilde se regardèrent en essayant de ne pas éclater de rire devant le Père qui rattrapait des liasses de feuilles dactylographiées en équilibre instable sur les deux uniques chaises de son bureau. Les chaises, un peu bancales, furent enfin libérées devant le bureau où un étroit sentier guidait les visiteurs jusqu'au visage du Père surplombant ses dossiers et revues.

– C'est un peu en désordre, hein ? dit celui-ci. C'est pratique, comme cela tous les messieurs qui viennent ici trouvent que leur femme est la plus merveilleuse ménagère qui soit, et les épouses se décontractent en se disant qu'il y a pire que chez elles !

Son rire communicatif jaillit. Patrick et Clotilde sourirent. Ils se sentaient bien avec lui.

Enfin le Père Philippe se fit sérieux.

– Alors les jeunes, quelles nouvelles ?

Il s'appuya en avant, dans un grincement alarmant de son fauteuil.

Clotilde regarda Patrick. Son visage se crispa brusquement.

– Tu peux expliquer au Père ?

Elle se sentait incapable, une fois de plus de mettre son cœur et sa vie à nu. Elle l'avait fait avec la psychologue de l'hôpital qu'elle avait fini par aller voir. Elle l'avait déjà fait avec une de ses amies, et aussi avec son médecin traitant. A chaque fois elle sentait bien qu'elle gênait les autres. Elle les gênait, car elle leur mettait sur la tête une responsabilité dans le choix d'une décision qu'ils se sentaient bien souvent incapables de prendre. Elle devinait aussi que l'avortement leur paraissait la meilleure façon de «tout effacer pour mieux recommencer». C'était tellement simple, sûr, efficace, qu'elle ne comprenait pas pourquoi, elle gardait toujours, au fond du cœur, une certaine insatisfaction mélangée à la peur. Tous s'étaient pourtant mis d'accord sans se consulter : «Tu n'y peux rien, l'avortement est la seule solution, ton enfant est déjà mort en toi, d'une certaine façon...» Ils avaient raison... peut-être.

Le Père Philippe écouta Patrick, longuement, sans l'arrêter, puis posa quelques questions techniques très précises.

Quand Patrick se tut, il ferma les yeux un instant, les mains jointes sur le visage.

– Merci de Lui confier tout cela, dit-il en désignant un grand crucifix derrière lui.

– Vous savez Père, dit Patrick, on se demande vraiment ce que Dieu a derrière la tête pour permettre des épreuves pareilles.

Le Père Philippe regarda Clotilde et Patrick avec autant de tendresse qu'un père aurait regardé sa fille et son fils.

– Les épreuves, les difficultés, les malheurs existent dans ce monde, pour tous. Mais Dieu n'oublie jamais d'envoyer ses grâces pour aider chacun de nous à vaincre les difficultés. Il ne faut pas dire que c'est Dieu qui envoie le mal. Comment un Dieu d'Amour pourrait-il concevoir le mal ? C'est impossible. Il respecte la liberté de l'homme qui peut ouvrir son cœur et accepter la main que Dieu lui tend. Il offre toujours ce qu'il faut pour sortir de toutes les épreuves ; il faut lui faire confiance même si, à vue humaine, cela semble insupportable, incompréhensible, révoltant.

Plus on est faible, petit, désemparé, écrasé, plus Dieu est débordant d'amour. Il ne donne plus la main, il vous prend dans ses bras. Comment pourrait-on avoir peur et souffrir quand on est dans les bras de Dieu ? Il y a simplement un chemin à prendre, c'est la prière, car Dieu respecte trop notre liberté pour imposer son aide. Il vient vers nous si nous l'appelons. Il n'est jamais sourd à notre prière, même si parfois, Il semble si long à répondre. Il a l'éternité devant Lui, et nous, nous sommes toujours si pressés !

Dans ce qui arrive aujourd'hui, avec ce petit, il vous faut garder espoir et confiance. Dieu ne vous abandonnera pas.

– Qu'est-ce qu'il faut faire, Père ? demanda Clotilde anxieusement.

– Je crois que vous savez très bien ce que vous voulez faire. C'est pour cela que vous êtes venus me voir. Vous avez eu de nombreux conseils de prudence, de gens qui vous aiment bien, qui ne veulent pas vous voir souffrir, mais qui se refusent, et on les comprend, à vous forcer à prendre la décision de garder ce petit jusqu'au bout de sa vie naturelle. Vous rejetez du fond du cœur l'avortement, mais vous vous sentez coincés par la pression de tous ceux qui ne veulent pas vous voir supporter inutilement cette grossesse trop douloureuse. Et ils estiment qu'avec les techniques de l'IVG, il n'y a aucun risque pour vous, et que ce serait idiot et à la limite faire preuve d'irresponsabilité et d'une moralité d'un autre âge, de poursuivre ainsi cette grossesse.

Le visage de Clotilde se fit soudain dur, elle se pinça les lèvres, se redressa sur sa chaise.

Un étrange sentiment de révolte s'empara d'elle. C'est vrai qu'elle se sentait depuis quelque temps, manipulée, triturée, analysée, prisonnière des idées des uns et des autres. Ce bébé, ce tout petit être, connu d'elle seule, au plus profond de l'intimité de son amour avec Patrick, était mis au pilori, et condamné par tous, parce qu'il ne pouvait pas vivre.

– Patrick, s'écria-t-elle brusquement, ce n'est pas moi, ni toi, qui tuerons notre bébé, je le ferai vivre jusqu'au bout. C'est la seule preuve d'amour que nous puissions lui offrir. Ce petit n'y peut rien, il est bien aujourd'hui, il est heureux là en moi. Tant que je le sentirai faire des galipettes, que je connaîtrai ses mouvements de pieds, sous ma main, il sera vivant.

Elle prit la main de Patrick, trop ému pour dire quoique ce soit.

– Patrick, est-ce que tu veux bien qu'on le garde ? Des larmes, coulaient de ses yeux. Elle n'essaya même pas de les essuyer.

– Mon Père, depuis quinze jours, c'est un cauchemar, continua-t-elle en s'adressant au Père Philippe. Aujourd'hui, je sais que l'amour de ce bébé va nous aider à être heureux, malgré tout... Il y a un petit coin de ciel bleu qui arrive.

Patrick regardait sa femme. Elle avait la fougue d'une lionne défendant son petit, il se sentit une responsabilité encore plus grande pour la protéger, la préserver de toutes les embûches qui continueraient à la faire souffrir. Jamais il n'aurait osé lui imposer d'aller au bout de cette grossesse tant il gardait de celles d'Eulalie et de Julien, un sentiment d'impuissance devant la fatigue de Clotilde, traînant son gros ventre, sursautant la nuit à cause de crampes qui la faisai surgir du lit en poussant un cri sauvage. Il se souvenait de la beauté terrifiante de l'accouchement. Tant de douleurs en un instant effacées par la présence merveilleuse d'un petit être braillard et gluant. Il se dit que, devoir supporter tout cela une fois de plus, pour mettre au monde un enfant qui allait mourir rapidement, lui demanderait, à lui aussi, un effort surhumain. Mais il était tellement lié à Clotilde maintenant, qu'il ne pouvait imaginer un seul instant l'abandonner dans son choix.

Il lui serra la main.

– Si c'est vraiment ce que tu souhaites, nous lutterons ensemble, même si c'est très dur.

Le Père Philippe rugit

– Ah ! vous êtes superbes tous les deux ! Superbes ! Vous avez l'un pour l'autre et pour vos enfants, un amour à soulever les montagnes. Mais attention, continua-t-il sérieusement, sachez que votre choix sera douloureux à vivre quotidiennement. Il va falloir vous épauler sérieusement. Je ne sais pas si vous en avez l'habitude, mais priez, priez beaucoup. Dieu, aujourd'hui vous donne la Sagesse, même si aux yeux des hommes, c'est folie. Qu'Il vous offre aussi sa force pour tout ce que vous vivrez.

Le plus difficile, voyez-vous, sera certainement les réactions des uns et des autres ; ceux qui savent et qui jugeront, en bien ou en critique, ceux qui ne savent pas et projettent pour vous un avenir que vous savez impossible de toute façon, déjà pour une troisième grossesse, vous savez que les critiques pleuvent de face ou de dos.

– Oh ! ça, dit Patrick en haussant les épaules, on s'en fout complètement. Nous sommes libres et nous refusons ce carcan des idées uniques : tous pareils, un ou deux gosses, pas plus... sans oublier, métro, boulot, dodo !

– Nous sommes des rebelles dans notre genre, dit Clotilde qui eut enfin un vrai sourire, eh ! bien, tant mieux, nous en sommes tellement heureux.

La vie reprenait le dessus.

Ils quittèrent bientôt le Père qui de nouveau embrassa Clotilde, mais avec encore plus de fougue. Elle rit.

– Vous m'écrasez, attention, je suis très fragile !

Il se recula, avec un air soudain effrayé.

– Je t'ai fait mal ?

Clotilde rit de nouveau, en secouant la tête.

– Merci pour votre aide, dit Patrick en serrant la main du Père, merci beaucoup.

– Vous êtes marrants, je n'ai rien dit, rien fait. Réfléchissez ; je n'ai eu aucun argument pour vous convaincre de quoi que ce soit. C'est vous- mêmes qui avez pris cette décision. Elle n'en a que plus de force. Vous aviez sans doute besoin de dire tout ce que vous aviez sur le cœur, en sachant bien que l'oreille de Dieu, par ma petite personne, comprendrait ce que vous souhaitiez du plus profond de vous-mêmes. Ce bébé est le fruit de votre amour, vous l'aimez et Dieu est Amour.

– Tout est tellement simple avec vous, vous en êtes désarmant ! lui répliqua Clotilde.

Ils grimpèrent dans leur voiture.

Patrick attendit un instant avant de tourner la clef dans le contact. Ils se regardèrent et brusquement Clotilde éclata en sanglots dans ses bras.

– Chérie ! Ça ne va pas ?

Il s'alarma.

Clotilde hoquetait.

– Ce n'est rien, dit-elle enfin entre deux jets de larmes, c'est le trop-plein. Il fallait que cela sorte... une dernière fois... Voilà, maintenant c'est fini.

Elle s'essuya les yeux, sourit avec un petit air piteux.

– Je suis tellement heureuse de garder le bébé, tellement heureuse. Il est à nous deux, rien qu'à nous deux. Plus personne n'en parlera. Personne ne le condamnera plus à mort.

Elle se nicha contre le cou de Patrick.

– Je t'aime, chéri.

19

Cinq, dix, quinze jours de retard. Justine Vanbroucs ne comprenait pas. C'était la première fois qu'elle avait un tel retard de règles. C'était complètement inhabituel.

Elle essayait de se raisonner : la fatigue du travail... mais pas plus maintenant qu'avant, l'excès ou le manque de sport. Elle ne voyait aucune modification importante dans son rythme de vie qui puisse expliquer ce retard. Pourquoi n'était-elle pas réglée ce mois-ci ? Elle attendit encore une semaine et une angoisse la saisit. Si elle était enceinte ? Non, ne n'était pas possible. Depuis qu'elle vivait avec Guillaume, elle prenait la pilule. Elle ne l'avait jamais oubliée...

Elle réfléchit un moment et se rappela soudain cette grève de la SNCF, qui l'avait coincée à Paris lors d'un week-end où elle avait suivi Guillaume pour un reportage. Elle n'avait pas pris cette fameuse pilule pendant deux jours. Elle n'y avait pas prêté attention !

Elle avait téléphoné à Clotilde, demandant les résultats de la dernière consultation avec le Dr Valembois qu'elle n'avait pas eu le temps de revoir.

– C'est bon, lui avait dit Clotilde, il faut laisser le temps au temps. On verra bien à la naissance.

– Mais l'anomalie cardiaque ?

– On verra bien, lui dit-elle de nouveau brièvement, on ne peut rien faire pour le moment.

Justine ne s'était pas sentie à l'aise devant ces explications trop succinctes. Elle avait l'impression que Clotilde ne lui disait pas tout, mais elle semblait sereine et cela l'avait rassurée.

Elle avait pu enfin en dire un mot à Pierre Valembois.

– Clotilde me paraît moins inquiète pour son bébé, ce n'est donc pas trop grave ?

– Euh ! non, avait-il répondu vaguement, par respect pour le secret médical et le souhait de Clotilde de n'en point parler.

C'était tout.

Justine se sentait un gros poids en moins, même si elle se doutait bien que le handicap du bébé serait à soigner rapidement après la naissance. Mais encore près de cinq mois à attendre. Pas la peine de se faire du souci pour cela maintenant. Elle en avait déjà assez pour elle ! Si elle se faisait un test de grossesse ? Non, elle ne voulait pas s'y résoudre, elle avait trop peur d'un résultat positif !

Si elle était enceinte ? Que faire ? Que dira Guillaume ? Ses parents ? Elle-même Justine, enceinte ? Elle ne pouvait se faire à cette idée !

Elle n'en dormait plus ! Elle soignait ces femmes qui faisaient tout pour avoir un bébé, d'autres qui le refusaient par l'avortement et Clotilde, heureuse de ce troisième. Et elle ? Où en était-elle ?

Et Justine se disait que les hommes ne pouvaient être conscients de tout ce que vivent les femmes avec leur corps. Un homme n'est jamais dépendant de son corps, sauf s'il est malade ou vieux. Une femme, elle, dans la force de sa jeunesse est dépendante de sa féminité ou de la potentialité permanente d'une maternité. Qu'elle veuille ou non un enfant, elle est obligée d'y penser sans arrêt... que ce soit avec la pilule, le stérilet, il fallait toujours se surveiller, être surveillée... ou y penser chaque jour pour celles qui suivaient les méthodes naturelles !

Elle ricana en pensant à ces féministes qui veulent être comme les hommes. La femme est par nature tellement différente, c'est ce qui la fait «femme». Elle repensait à la phrase de Simone de Beauvoir: «La femme ne naît pas femme, elle le devient». Quelle bêtise ! Une femme n'est pas un homme, c'est tout !

– Tu as l'air soucieuse, lui dit Guillaume, trop de travail ? Des choses qui ne vont pas avec tes malades ? Ta sœur va bien ?

Il posait toutes les questions qui lui venaient à l'esprit devant Justine, qui remuait distraitement son café depuis cinq minutes, ce matin-là.

Elle se reprit.

– Oui, oui un peu de fatigue, c'est normal de temps en temps. Pour Clotilde, cela a l'air d'aller, d'après ce qu'elle m'a dit. C'est curieux, elle s'est soudain beaucoup confiée à moi, et puis, plouf, plus rien, comme si elle avait peur que je ne la comprenne pas. Mais je me fais sans doute des idées. Ce qui est certain, c'est que cet enfant aura certainement besoin de beaucoup de soins à la naissance.

– Tu as vu tes parents ces temps-ci ? continua-t-elle, heureuse d'avoir trouvé un autre sujet de conversation.

– Ils sont marrants par moment et même parfois intéressants à écouter. Mais nous ne sommes toujours pas sur la même longueur d'ondes ! Papa trouve encore que je suis un saltimbanque, que je gâche ma vie, enfin bref, toutes les conneries de ce style !

Il débrancha le grille-pain.

– Tiens, tu veux une tranche de pain grillé ?... Enfin c'est la première fois que je suis parti de chez eux sans claquer la porte... je dois vieillir !

– Je vieillis, tu vieillis... Nous mûrissons, nous devenons sans doute plus adultes, dit doucement Justine.

– Eh ! oui, bobonne, un jour nous serons des petits vieux ratatinés entourés de leurs petits-enfants et tu perdras ton dentier en buvant ta soupe !

– Je croyais que tu ne pouvais envisager ni mariage ni enfants ?

– Je n'ai pas parlé mariage ! Et sans envisager de gosses aujourd'hui –on peut vivre que diable !– il est certain que, plus tard, dans longtemps, c'est possible. Mais bon sang on a tout le temps ! Dis donc Justine, tu en as des idées, cela ne va pas en ce moment ? Tu as besoin de vacances. Tu veux que l'on parte un week-end à la mer ? Cela te ferait du bien.

– Tu es extraordinaire, répondit-elle en s'énervant soudain, ce n'est pas parce que je parle de l'avenir que j'ai besoin de vacances. Oh ! et puis zut, je suis fatiguée, je me recouche, je ne travaille qu'à 13 H.

Guillaume la regarda, perplexe. Elle n'avait pas bu son café, ni touché au pain.

– Tu n'as pas faim ?

– Non, pas maintenant, cela ne passe pas.

– Bon, va te coucher, tu couves peut-être une grippe ?

Justine se leva pesamment. Elle avait les cheveux en désordre, le visage pâle. Le manque de maquillage lui donnait de grandes cernes sous les yeux. Elle serra contre elle sa robe de chambre.

– Ne t'inquiète pas, je mangerai dans une heure. Tu fais quoi aujourd'hui ?

– Je vais mitrailler un candidat aux législatives et essayer d'en faire un portrait devant lequel toutes les suffragettes tomberont en pâmoison !

Justine écouta à peine. Elle se glissa sous la couette et ferma les yeux en se disant qu'aussitôt le départ de Guillaume, elle irait acheter un test en pharmacie.

Pour l'instant elle n'avait pas envie de parler, de s'intéresser à quoique ce soit. Elle n'en pouvait plus de ce doute angoissant.

Dans la petite salle de bain, Justine avait les yeux rivés sur le stick réactif, sorte de bandelette à un trait. Un second trait apparaîtrait en une minute si elle était enceinte. D'un instant à l'autre, elle allait savoir.

Jamais secondes ne lui parurent plus longues.

Le trait se fit de plus en plus précis.

Elle se frotta les yeux, persuadée que seule son imagination traçait devant elle ce qu'elle refusait de voir. Elle examina le stick de plus près. Elle sortit de la salle de bain et s'approcha de la fenêtre.

Non, ce n'était pas possible. Le test était faux ! Elle ne pouvait pas être enceinte !

Oh ! non !

Elle regarda, regarda encore. C'était tellement net, qu'il n'y avait plus aucun doute.

Enceinte, elle était enceinte !

Elle s'assit, ahurie.

Elle ne pouvait y croire, c'était impossible ! Un enfant à elle Justine, à lui, Guillaume ! Mon Dieu, se dit-elle, que va-t-il dire ? Il ne le voulait pas, pas maintenant. Et il n'imaginait pas un seul instant que cela puisse survenir ainsi... contre toute attente ! Mais, peut-être que devant la réalité il changerait d'avis, ou alors non, il n'en voudrait pas, et elle avorterait. Oui, c'était ce qu'il fallait sans doute faire. Mais elle, Justine, si elle était seule à décider, que ferait-elle ?

Avorter ? Le voudrait-elle ?

Etre mère ? Le pourrait-elle ?

Et son travail ? Elle ne voulait pas qu'il en pâtisse. Elle montait les échelons peu à peu. Elle était appréciée et on lui confiait de plus en plus de responsabilités. Elle venait même de poser sa candidature pour faire l'école des Cadres infirmières, avec l'engagement de travailler plusieurs années dans le même hôpital. Elle ne voulait pas tout arrêter.

Il était impossible d'avoir un enfant comme ça, par hasard. Il fallait que son foyer soit définitivement stable. Il fallait le vouloir et l'attendre à deux. Pouvoir l'accueillir, lui offrir tout ce dont il avait besoin.

Cette grossesse lui semblait un accident de parcours, ne correspondant pas à ce que doit être l'attente normale d'un enfant au sein d'un couple. Cela n'allait pas du tout, non pas du tout.

Elle prit la décision d'attendre encore un peu pour avoir une confirmation médicale de son état.

Justine se rhabilla derrière le paravent tandis que le médecin s'installait à son bureau.

– Vous êtes bien enceinte, quatre semaines environ. Est-ce que cela correspond à vos dates ?

– Je ne sais pas, comme je prenais la pilule... mais je l'ai oubliée deux jours.

– Ah ! dit le médecin, il fallait faire attention. Mais je suppose que si vous preniez cette pilule, c'est que vous ne souhaitiez pas d'enfant ?

– Non, pas maintenant, répondit Justine, en s'asseyant devant le médecin.

– Votre mari qu'en pense-t-il ?

– Nous ne sommes pas mariés. Il... cela ne le préoccupe pas du tout pour l'instant ! Plus tard, mais pas maintenant.

Le médecin ne regardait pas Justine et l'écoutait distraitement, tout en faisant une ordonnance d'examens biologiques.

Justine continua.

– Je ne sais pas du tout comment il va réagir.

– Bon, dit-il d'un ton sec, vous avez trois solutions :

1 : vous vous faites avorter sans rien lui dire.

2 : vous lui dites, il n'en veut pas, vous vous faites avorter.

3 : vous lui dites, il en veut, vous aussi, et vous le gardez.

Ah ! une quatrième solution : vous ne dites rien, vous le gardez, et il l'apprend plus tard, quand vous l'aurez préparé psychologiquement à l'idée d'être père dans un avenir très proche.

– Je ne sais pas ce que je dois faire.

– Vous voulez le garder ou pas ?

Il s'énervait un peu.

– Je ne sais pas. Je ne suis pas prête et puis j'ai mon travail.

Pouvait-elle dire à cet inconnu qu'elle avait peur de perdre Guillaume quand il l'apprendrait ? Elle découvrait soudain que leur amour l'un pour l'autre était peut-être fragile, car jamais aucune tempête ne les avait ébranlés. Guillaume l'aimait-elle ? Cet enfant, fruit de leur amour allait-il les séparer ou les unir ? Devait-elle choisir entre lui et ce bébé ? Accepterait-elle de se faire avorter pour pouvoir continuer de vivre «comme avant» ? Elle-même accepterait-elle que toute sa vie soit ainsi chamboulée pour une erreur technique ?

Son travail, elle y tenait. Comme toutes les filles de son âge, elle avait reçu une formation «unisexe», avec des études orientées vers des métiers pratiqués par les hommes ou les femmes. Le travail d'une femme à la maison : pédiatrie, cuisine, couture, ménage, décoration, bricolage, etc... n'était mis en valeur que s'il était effectué par quelqu'un d'extérieur, rémunéré. Faire soi-même ces tâches, semblait à Justine un retour en arrière de la civilisation. Elle ne pourrait jamais s'y résoudre, si elle devait élever un enfant.

Mais elle était envahie par un étrange sentiment. Quelque chose avait changé, de très important. Elle était devenue femme, tellement femme, puisqu'elle était mère.

Elle avait peur de la grossesse, de l'accouchement. Elle avait peur aussi d'un avortement, d'une possible complication qu'elle connaissait trop bien, étant en premières lignes pour les voir et les soigner... elle récoltait toutes celles de la région et ne voyait évidemment pas quand cela se passait bien. Elle ne savait pas comment psychologiquement on vivait un avortement, et puis son couple en sortirait-il plus solide ou emberlificoté dans un amour fissuré ?

Le médecin était visiblement pressé et le cas de cette cliente occasionnelle ne le passionnait pas. Il tendit la feuille de maladie à Justine, qui, dans ses pensées ne la remarquait pas.

Elle sursauta en entendant le prix demandé.

Elle fit un chèque, dit au revoir et partit... Seule, trop seule.

Elle voulut faire les vitrines du centre ville pour se changer les idées. Les magasins affichaient nombre de petites toilettes élégantes, bien en avance sur le printemps. Elle s'arrêta devant une robe cintrée agrémentée d'un foulard de soie aux couleurs chatoyantes. Elle fixa la robe longuement tandis que des images de ventres ronds lui défilaient devant les yeux. Elle continua sa promenade, fuyant du regard les magasins prénataux. Elle ne s'était jamais rendu compte qu'il y avait autant de femmes enceintes qui se promenaient, ni autant de bébés dans des poussettes. A croire, se dit-elle, qu'ils s'étaient tous donné le mot pour la provoquer.

Elle eut un mouvement d'humeur et entra dans une pâtisserie où elle acheta une grosse brioche au sucre et aux raisins. Elle mourait de faim.

Elle continua ainsi sa promenade les lèvres et les doigts collants par le sucre glace qui lui engluait la bouche. Elle entra dans un bistro pour boire un Perrier et s'assit près de la porte d'entrée. Elle ne voyait personne, toujours obnubilée par ses pensées.

– Décidément, nous fréquentons les mêmes endroits. Puis-je partager votre table ?... A moins que vous n'attendiez quelqu'un ?

Justine leva la tête d'un air bête comme si elle tombait d'un arbre. Elle aperçut Pierre Valembois. Elle crut un instant à un mirage. Derrière lui, une multitude de ventres ronds de toutes les couleurs s'agitaient.

– Je peux, répéta-t-il ?

– Euh, oui, volontiers.

Justine sortit de sa rêverie. Les ventres ronds reprirent la forme de ballons portés par un vendeur ambulant qui s'éloignait.

– Vous avez commandé quelque chose ?

– Non, pas encore. Je voudrais un Perrier.

– Un Perrier et un café, dit-il au serveur qui s'approchait.

– Vous n'êtes pas de service aujourd'hui ? continua-t-il pour entamer la conversation.

– Une fois de temps en temps, cela fait du bien de s'aérer les idées et de voir autre chose que des femmes malades.

– ... ou des médecins ! Désolé de m'imposer.

– Oh ! non, vous, ce n'est pas pareil... enfin, je veux dire, qu'on peut parler d'autre chose que de l'hôpital.

– Très volontiers. En fait, je suis venu à Lille pour trouver un bouquin, mais je reviens bredouille.

Pierre Valembois regardait Justine. Cette fille lui plaisait par sa vivacité, sa franchise, sa gaieté, sa compétence professionnelle et en même temps par ce petit côté farouche qui lui donnait parfois l'allure d'une révoltée.

Il remarqua cependant au fond de ses prunelles vertes, une petite tristesse inhabituelle.

– Quelles sont vos passions en dehors du jogging et du métier d'infirmière ?

– La photo. Et vous ?

– Le parachutisme, mais je n'en ai plus beaucoup le temps ! Mes rares moments de loisirs, j'essaie de les passer avec ma femme et notre petit Matthieu.

– C'est dommage de ne pas continuer ce que l'on aime parce qu'on est marié, dit Justine en faisant la moue.

– C'est différent, on continue d'une autre manière, mais il est vrai que l'on sacrifie quelques-unes de ses passions... Mais, je ne devrais pas dire sacrifier, cela me paraît péjoratif et réducteur. Non, on choisit autre chose en étant guidé par celui ou celle que l'on aime et avec qui on a envie de partager. Ce qui fait que ses passions de célibataire deviennent tout à coup sans intérêt, et on se sent très heureux... même si je ne peux plus faire le fou, au bout des ficelles sous la voile d'un parachute, aussi souvent que je le voudrais !

Justine avait bien des difficultés à admettre son raisonnement. Il lui semblait que le mariage était sclérosant. Ce type en face d'elle était sportif, c'était sa passion, et il y renonçait.

Comme s'il eut deviné ses pensées Pierre continua.

– Vous savez, l'amour dans un ménage est un extraordinaire révélateur de l'un et de l'autre. Chacun fait tout pour plaire à l'autre, donc déploie des trésors d'imagination et va toujours de l'avant. Le foyer s'enrichit de toutes parts... sauf si, bien sûr, on vit l'un à côté de l'autre, en ne profitant que de la vie commune sur le plan physique.

– Moi, je ne vois pas ce que le mariage peut apporter de plus dans la vie à deux ! Si ce n'est une sorte de convention.

– Oh ! si, le mariage apporte beaucoup ! s'exclama Pierre en souriant. Par le mariage, on crée une famille, un foyer, une entité sociale si vous voulez. On crée une petite cellule dans un corps, comme une pierre fait partie d'un mur. On n'est plus un individu isolé. On donne l'existence à une petite population avec les enfants et tout cela nous projette vers le futur de façon irréversible.

– Oui, mais je répète que c'est très conventionnel. Sans le mariage, on essaie chaque jour de faire plaisir à l'autre pour que cela tienne et puis, si on n'en a plus envie, si on voit que cela ne peut pas continuer, on se quitte. Il ne reste que les bons souvenirs, sans embarras de gosses, de contrat de mariage, et de tas de trucs compliqués avec les familles. Quelle horreur ! Avec le mariage, c'est le divorce et compagnie. Les complications administratives, financières et des embêtements à n'en plus finir.

– Vous avez une façon étrange de concevoir la vie à deux, en mettant en filigrane la séparation qui vous semble naturelle et inévitable. Vous ne croyez pas que l'amour durable puisse exister ?

– Ce n'est pas ce que l'on voit autour de nous ! s'exclama Justine, même si aujourd'hui, je me dis que je ne pourrais pas vivre avec quelqu'un d'autre que Guillaume.

Elle se sentit confuse de révéler ainsi sa liaison, mais ne le fit pas paraître.

– Enfin, peut-être que pour une raison ou une autre, ou l'évolution de nos comportements, la maturité, que sais-je, quelque chose cassera entre nous. Alors faudrait-il mieux vivre malheureux ensemble, avec des gosses tiraillés entre l'un et l'autre, ou se séparer tranquillement sans rien laisser derrière nous ?

– Vous dites tout cela parce que vous êtes jeune, et que vous imaginez que la roue tourne sans cesse. Que l'on trouve toujours un amour et un autre, sans penser que l'amour se construit aussi chaque jour grâce à toutes ces petites difficultés ou des grosses parfois, qu'il faut affronter à deux, en respectant l'autre dans toute sa différence.

Justine ne pensait pas à boire son Perrier, Pierre continuait.

– Vous disiez aussi quelque chose tout à l'heure sur les horreurs financières d'un divorce. Vous savez qu'aujourd'hui, c'est de pire en pire avec les concubins. Il y a une masse de choses qu'ils ont achetées en commun, sans trop y faire attention et quand ils se séparent, c'est très difficile d'y voir clair, car il n'y a eu aucun contrat entre eux, aucune convention juridique... et il y a aussi des enfants parfois. Je vous assure que les avocats ont, en ce moment, de plus en plus de travail avec des situations très complexes de personnes qui n'ont voulu avoir aucun lien et qui sont emberlificotées dans des intérêts communs.

Ils se regardèrent dans les yeux, étonnés de cette conversation à la fois si intime et si complexe. Pierre voulut changer de sujet car il sentait qu'ils étaient loin de partager les mêmes idées !

– Mais vous-même, avec les photos, cela doit être très varié et passionnant, continua-t-il alors.

Justine se renversa légèrement sur sa chaise, soulagée de quitter ce sujet.

– Oh ! oui, c'est un excellent dérivatif et en même temps une occasion unique de découvrir le monde dans ce qu'il a de plus beau ou de plus laid.

– Qu'est-ce qui vous passionne le plus ?

– Le corps humain. Pas étonnant hein ? Les visages, les mains, les pieds, la silhouette. La photo peut saisir des instantanés de vie avec une transparence insoupçonnable.

– Vous avez découvert cela toute seule ?

– Oui et non, c'est avec Guillaume que je fais de gros progrès. Vous l'avez rencontré la dernière fois dans le Bois de Phalempin.

– Ah ! oui. Et que fait-il ?

– Il est caméraman. Un métier passionnant, même si c'est très fragile sur le plan des contrats.

Pierre Valembois regarda sa montre.

– Oh ! il faut que je parte, dit-il en se levant, je n'ai pas trouvé le livre que je cherchais, mais je vous ai rencontrée et c'était bien sympathique !

– Pour moi aussi, dit-elle.

Cette conversation l'avait un peu détendue, même si elle n'avait pas toujours été bien facile !

– A demain ?

– A demain.

Ils se serrèrent la main, en bons amis, et chacun partit de son côté.

Le lendemain, elle retrouva effectivement Pierre un court instant dans le service. Elle était seule à ce moment-là, au bout d'un couloir.

La nuit avait été très mauvaise et même cauchemardesque. Plusieurs fois elle s'était réveillée et avait écouté le souffle régulier de Guillaume, elle l'avait longuement regardé, devinant ses traits dans la pénombre de la chambre. Elle s'était blottie contre lui qui l'avait instinctivement enlacée de ses bras musclés. Elle lui avait pris la main et la maintenait sur son ventre. Cette peur de parler de sa grossesse à Guillaume n'était-elle pas un manque de confiance en lui ? Doutait-elle de son amour ? Non, se dit-elle, il m'aime, je l'aime, mais je sais trop qu'il ne veut pas d'enfant maintenant. C'est un peu une trahison que cet accident de contraception. Je ne peux pas le garder et il ne doit rien savoir, ce n'est pas la peine de l'inquiéter.

Elle était là maintenant, au bout du couloir avec Pierre Valembois. Spontanément elle voulut lui confier son souci. Il était le seul médecin avec qui elle se sentait en confiance, mais malheureusement c'était aussi le seul du service qui manifestait une opposition farouche aux IVG. Jamais il ne pourrait la comprendre et elle avait besoin de conserver cette amitié, vierge de toute dissension.

20

Justine avait tiré les rideaux aux motifs multicolores. La pénombre régnait dans la petite salle de séjour. Les photos murales changeaient d'aspect sous les ombres dansantes provoquées par des bougies posées sur la table ronde. Une nappe blanche la recouvrait, deux assiettes vertes et bleues étaient disposées, entourées par des couverts et verres scintillants.

Justine avait tourné des serviettes de papier vert de manière à les faire ressembler à de grosses fleurs.

Un bouquet d'anémones donnait la note finale.

Dans une assiette, un petit paquet était ficelé de rouge et or et attendait la main qui l'ouvrirait.

Justine contempla le décor et fut satisfaite. Elle regarda l'heure : 19 H. Guillaume n'allait pas tarder à arriver. Elle se précipita à la cuisine, souleva un couvercle, goûtant le pot-au-feu, en soufflant sur la cuillère pleine d'une sauce odorante. Elle ajouta un peu de sel et de poivre, contrôla la cuisson des pommes de terre au gratin qui mijotaient dans le four.

Elle retira son tablier et alla dans la salle de bain.

Son visage, reflété par le miroir, lui parut terne et fatigué. Au fond, c'est normal, se dit-elle, je suis enceinte de deux mois. Heureusement je ne souffre pas de nausées ! Elle commençait à se sentir gênée par ses pantalons trop étroits et avait adopté depuis un moment des caleçons souples sous des pulls amples. La fraîcheur de la saison convenait parfaitement à cette discrétion voulue. Elle se sentait ainsi bien à l'aise.

Elle commença à se maquiller avec grand soin, depuis les yeux qu'elle rendait plus grands avec le mascara noir, jusqu'aux joues où elle s'évertua à appliquer soigneusement fond de teint et rose sur les pommettes. Elle terminait par le rouge à lèvres quand elle se mit à penser à sa démarche faite quinze jours auparavant.

A cette époque, Justine avait décidé de se faire avorter. Curieusement elle ne voulait absolument pas imposer ce choix à Guillaume. C'était sa méthode de contraception à elle, qui avait échoué, elle devait en assumer elle-même les conséquences. Il n'y était pour rien.

Elle avait fait les examens biologiques et radiologiques nécessaires dans un autre établissement hospitalier de la région. Elle avait demandé trois jours de vacances et avait choisi la semaine où Guillaume était en reportage en région parisienne. Tout se présentait ainsi pour le mieux. Elle se sentait calme et rassurée devant un souci qu'elle allait pouvoir bientôt éliminer de sa mémoire.

Elle était arrivée dans le service le matin à 8 H, à jeun. Un fond d'angoisse au creux de l'estomac. Le médecin l'avait de nouveau examinée. «Bon, on va vous enlever cela», avait-il dit.

Brusquement cette phrase si anodine résonna en elle furieusement... «vous enlever cela, vous enlever cela... Mais ce n'était pas un abcès, une tumeur, «ça» c'est... c'est mon enfant», se dit-elle tout à coup... «Mon enfant... mon enfant...» elle se répéta la phrase plusieurs fois, tout bas. Elle s'était dressée sur le lit où elle était restée quelques instants allongée après le départ du médecin, en chemise d'hôpital blanche.

Et puis, sans comprendre pourquoi, mue par une curieuse impulsion, elle s'était rhabillée en toute hâte et sortie de la chambre en courant.

Elle riait encore de la tête ahurie du brancardier qui arrivait avec son chariot pour l'emmener au bloc.

Elle avait passé ces trois jours de «vacances programmées» dans la plus complète excitation.

Quinze autres jours s'étaient passés, elle attendait le moment propice pour en parler à Guillaume. Elle sentait confusément qu'il en serait lui aussi très heureux, c'était normal de partager le même bonheur quand on s'aimait... et ils s'aimaient. Tout cela lui parut soudain d'une telle logique, qu'elle en était rassurée. Elle avait retrouvé le sommeil et riait de constater que Guillaume ne remarquait toujours rien : ni son absence de règles, ni son début d'embonpoint, ni son envie effrénée de dormir.

Elle brancha un CD diffusant une musique de film tendre et amoureux et attendit, heureuse –bien qu'un peu inquiète quand même– le bruit de la clef dans la serrure.

– Coucou ! C'est moi ! Bons... Guillaume s'arrêta au milieu du mot en entrant dans le séjour.

– Mince alors, j'avais oublié qu'on recevait quelqu'un, dit-il sans faire attention au nombre d'assiettes. Bonsoir ma puce, fit-il en se penchant sur Justine toute souriante. Dis, on reçoit qui ? continua-t-il en se grattant la tête.

– Nous, répondit Justine

– Nous ?

– Je te reçois, tu me reçois... à deux.

-Euh, c'est bien ça... Mais, euh... il y a une raison, bafouilla Guillaume, se disant qu'il avait dû oublier un événement important et qu'il avait gaffé malgré lui.

– Deux bonnes raisons. Tu vas les trouver. Mais attends, pour t'aider, on va déboucher une bouteille, reprit Justine en se levant de son fauteuil.

Guillaume se gratta de nouveau le crâne, perplexe. Il trouvait cependant la situation agréable et avait bien l'intention d'en profiter. Il réfléchit encore. Ce n'était pas son anniversaire, ni celui de Justine, ni sa fête... Ah ! zut peut-être la sienne... Un calendrier, où trouver un calendrier ?

Justine revint de la cuisine au moment où il se mettait à fouiller un petit placard terriblement encombré, et dans lequel il était fort risqué de s'aventurer si on voulait éviter de tout recevoir sur les pieds.

– Tu cherches quelque chose ?

– Un calendrier. J'ai oublié ta fête, c'est ça ? dit-il penaud.

– Mais non gros bêta. Allez assieds-toi près de moi et réfléchis un peu.

– J'essaie. Tu ne vois pas que toutes mes petites cellules grises sont en ébullition ? C'est terrible, elles s'entrechoquent dans tous les sens, et il n'en sort rien de rien... je suis à court... désolé !

– Ah, là, là, quel homme ! Je vais t'aider.

Guillaume servit deux coupes de champagne qui était plutôt un vin blanc pétillant, moins coûteux.

– Non ! dit Justine alors qu'il allait boire, trouve d'abord ce qu'on fait là, à deux.

– Ben on est assis, on voudrait bien boire, mais on réfléchit.

– Qui, «on» ?

– Nous deux, tiens. Oh ! arrête, je ne trouverai pas, tu ne m'aides guère !

– Nous deux depuis ?

– Depuis ? depuis ?... non ! ! ! s'exclama-t-il en riant. Ah, mais tu es géniale ! Exactement deux ans aujourd'hui qu'on s'est aimé pour la première fois. C'était dans ta petite chambre d'étudiante.

– Et voilà et depuis, «on», enfin «nous», nous aimons. Nous sommes ensemble et c'est super. Cela vaut la peine d'être fêté, non ?

– Tu es merveilleuse de t'être souvenue de cela. Je t'aime, je t'adore... J'ai envie de toi, s'exclama Guillaume en posant son verre et en renversant Justine sur le canapé. Elle ne dut la survie de son champagne qu'à un excellent réflexe !

– Non, non ! pas maintenant. Le repas est tout chaud. Je t'ai préparé des petites merveilles ! Viens à table.

Guillaume reprit sa coupe en bougonnant et but un peu.

– Chère Madame, je serai toujours à vos ordres !

– Je l'espère bien !

Il s'approcha de la table et aperçut le petit paquet.

– Qu'est-ce que c'est, c'est pour moi ?

– Une grosse surprise ! Mais non, non, dit Justine en l'arrêtant dans son geste, tu l'ouvres au dessert.

– Décidément, tu as juré de me tenir en haleine toute la soirée !

Guillaume était très heureux. Il retrouvait sa Justine détendue, souriante, imaginative, telle qu'il l'aimait. Elle était bien habillée et son maquillage lui allait à ravir. Les derniers temps où elle paraissait si soucieuse et fatiguée ne semblaient, ce soir, que mauvais souvenir.

Le repas fut excellent et Guillaume était au septième ciel surtout quand Justine lui apporta son dessert préféré : des poires belle-Hélène arrosées de rhum !

Le calme et le bonheur régnaient dans le petit appartement où il faisait ce soir-là, si bon vivre.

Guillaume alluma une cigarette et souffla en l'air la fumée avec un soupir de profond contentement. Il avait oublié le petit paquet glissé derrière les anémones.

Justine le poussa devant lui, l'air mystérieux.

– Je peux l'ouvrir maintenant, ou je dois deviner ?

– Je crois que malgré ta grande intelligence, ta très haute perspicacité, tu aurais trop de mal à trouver !

– C'est tout petit, dit-il en soupesant.

– Mais c'est infiniment grand, répondit-elle en souriant.

Guillaume ouvrit des yeux étonnée puis défit doucement les nœuds, ouvrit le papier et sortit une petite boîte de carton. Il en souleva le couvercle.

Ses sourcils se dressèrent en «V» et le front plissé, il pouffa : qu'est-ce que c'est que ça ?

Il tenait une petite paire de chaussons de laine blanche.

– J'ai les pieds un peu plus grands, tu sais ?

– Toi, oui.

Justine sourit.

– Comprends pas. C'est quoi, c'est pour qui ? c'est des chaussons de bébé, ça !

Justine se taisait toujours.

Le visage posé sur ses mains en corolle, elle regardait Guillaume en souriant... une étreinte au fond de l'estomac... Comment allait-il réagir ?

– C'est pour quel bébé ? Pourquoi tu m'offres ça ? je ne comprends rien, moi...

Soudain il s'arrêta, ouvrit des yeux immenses, pointa son doigt vers elle.

– Tu... toi... les chaussons...

Il ne savait que dire

– Oui, ces chaussons, c'est pour toi, enfin pour «ton»bébé.

– Mon bébé, mais je n'ai pas, enfin nous, enfin toi...

Il bafouillait de plus en plus.

Justine restait calme. Les bougies terminaient de se consumer. Leurs visages étaient à peine éclairés.

– Ton bébé, mon bébé, notre bébé... Tu vas être père Guillaume, je suis enceinte...

Ouf ! Elle l'avait dit. Elle se sentit terriblement soulagée.

– C'est un cadeau original, non ? reprit-elle devant la tête ahurie de Guillaume qui ouvrait et fermait la bouche comme une carpe cherchant un peu d'air. Il y a là-dedans, continua-t-elle, en pointant son doigt sur son ventre, un Guillaume junior ou une petite Justine : mystère !

Guillaume se ressaisit un peu.

– Je ne comprends rien, ce n'est pas possible, on n'en voulait pas maintenant. Tu prends bien la pilule ?

– Eh ! oui, dit-elle en haussant les épaules il y a quelquefois des loupés, c'est très rare, mais cela existe et évidemment il faut que cela tombe sur une infirmière !

– Mais qu'est-ce que tu vas faire ?

– Je ne suis pas seule dans l'histoire, il y a toi, il y a lui.

Guillaume se tut à nouveau.

Il se leva brusquement de table et alluma les lampes

– Ah, on n'y voit rien ici !

La lumière jaillit en cassant d'un coup la douceur mystérieuse de toute la soirée. Justine sursauta.

Il tourna un moment sur lui-même, alluma une autre cigarette.

– Ce n'est pas possible, répéta-t-il, une fois de plus. Enceinte ! Un gosse... nous ! Un gosse, mais tu nous vois avec un môme ici ? Il n'y a pas de place et puis avec ce que l'on gagne comment veux-tu acheter tout ce qu'il faut, et puis avec un môme on ne peut plus rien faire, on est cloué chez soi comme des vieux... et puis ton école des Cadres Infirmieres et...

Il ne savait plus quoi dire, tant les contradictions se bousculaient en lui.

Justine souriait toujours.

– C'est drôle tout ce que tu dis ! Cela a été ma première réaction. Je crois que c'est normal sous le choc de la nouvelle. On pense pouvoir tellement programmer un enfant, que l'on n'imagine pas une seconde qu'il puisse se pointer. Tu sais que dans beaucoup de crèches il faut réserver sa place un an à l'avance, le bébé n'est même pas encore conçu !

– Ah ! tu vois bien que c'est archi-compliqué un gosse ! Et puis pourquoi tu as attendu aussi longtemps pour me le dire ! C'est incroyable !

– Cela fait un mois que je le sais, je n'ai pas voulu t'en parler car je m'attendais à ta réaction. Et j'avais l'impression d'avoir trahi ce que nous voulions ensemble par cet échec de la contraception. Alors je suis entrée à l'hôpital pour me faire avorter.

– Tu as avorté ? Sans rien me dire ? Je ne l'ai même pas remarqué !

– Si je suis enceinte, c'est que je ne l'ai pas fait cet avortement ! Réfléchis !

– Comprends pas ! répliqua brusquement Guillaume qui, décidément, s'emmêlait dans toutes les explications de Justine.

– Tu l'as eu cet avortement, oui ou non ?

– Non. Je n'ai pas pu. Je le voulais, j'ai fait tous les examens, j'étais sur le point d'être emmenée au bloc... et je suis partie en courant, tu aurais vu la tête du brancardier !

Justine, riait. Guillaume, lui, ne trouvait pas la situation drôle !

Elle était toujours assise à la petite table. Elle jouait avec une boulette de pain qu'elle triturait, la transformant en pâte grisâtre. Guillaume se rapprocha d'elle.

– Justine dit-il gravement, en lui prenant les mains, cet enfant, c'est sérieux ? Tu veux le garder ?

– Je ne sais pas ce qui se passe en moi. Je me suis sentie prise à la gorge par une situation que je ne voulais pas. J'ai essayé de m'en dépêtrer toute seule pour ne pas t'imposer cela.

– Oui, mais maintenant le temps a passé, et l'IVG est de plus en plus difficile à faire.

– Je ne veux plus la faire, Guillaume, c'est pour cela peut-être que j'ai tardé un peu pour te le dire, pour redevenir sereine, retrouver mes forces. J'ai tellement mal dormi ces derniers temps !

– Je m'en suis rendu compte !

– Tu sais, les choses évoluent avec le temps. Un enfant, ce n'est pas n'importe quoi.

– Je le sais bien, enchaîna Guillaume, c'est pourquoi, il ne faut pas en avoir un comme ça ! sur une erreur de contraception, on n'est pas prêts pour le recevoir. On va faire n'importe quoi, et mal le faire. Il est préférable de remettre cela pour une autre fois. Dans un an, deux ans, quand on y verra plus clair dans la situation.

– Qu'est-ce qui changera dans un an ou deux ? nous en serons toujours au même point Guillaume : le travail, les distractions, les rencontres avec les copains, la fin de mes études de Cadres peut-être, et puis après, cet enfant qui est là, si je fais une IVG, il ne pourra plus jamais exister. C'est fini.

– Mais tu en auras d'autres. La preuve, tu as un corps fait pour cela.

Guillaume se releva. Et dit de façon ferme :

– Bon, Justine il faut être raisonnable. Je me doute que l'IVG cela ne doit pas être agréable, mais quand tu y es allée, tu étais seule, c'est pour cela que tu n'as pas pu aller jusqu'au bout... et dis donc, ton Valembois, tu lui as demandé conseil ?

– Non, dit Justine dans un souffle, parce que je savais qu'il y aurait été opposé.

– Ah ! mais tu y as pensé quand même, et ce type t'a mis n'importe quoi dans la tête, depuis le temps que tu le fréquentes et que tu le trouves sympathique ! Une vraie plaie ! Et je parie que tu lui en as parlé ! Mais de quoi se mêle-t-il ? Il a dû te faire une leçon de morale ? Le respect de la vie, l'amour qui magnifie la souffrance, le petit être à respecter, etc... une terreur psychologique ce type, on devrait lui interdire d'exercer la médecine.

Justine se fâcha soudain.

– Mais c'est totalement faux ! Je ne lui ai rien demandé du tout. Bien sûr il a horreur des avortements, mais il n'a rien fait pour m'en dissuader, puisqu'il n'en savait rien !

– Tu parles ! Tu as préféré ses conseils de bonne sœur pour lui faire plaisir, avant de penser à moi ! Ah ! bravo, l'Amour !

Le bout de pain s'émietta entre les doigts de Justine. Ses lèvres tremblaient, elle était au bord des larmes

– Tu ne comprends rien... Tu ne me fais pas confiance...

Elle ne savait que dire de plus.

– Ce que tu as fait n'a rien de logique, non plus, s'exclama Guillaume.

Il voulut reprendre la situation en main, un peu penaud tout de même de ses réflexions.

– Allez, ne pleure pas, tout va s'arranger. Tu es crevée, tu t'es laissé influencer par... je ne sais quoi, ou qui et il n'y a rien de plus fragile qu'une femme enceinte. Tu es incapable de prendre une décision comme ça. Va dormir. Demain, on arrangera tout cela rapidement.

Justine se laissa guider jusqu'à la chambre, comme une somnambule, le cœur lourd de tristesse. Guillaume n'avait rien compris, il n'avait rien remarqué. Aurait-elle préparé cette fête si elle n'était pas en joie de cet enfant ? Elle voulait le garder... elle le garderait... malgré lui.

Elle se rassura un peu, en se disant que Guillaume, comme toujours, très entier, avait réagi au quart de tour, mais que demain, il envisagerait les choses différemment et que, peu à peu, il accepterait cet enfant. Elle se reprocha de n'avoir pas trouvé les bons arguments. Elle avait tout fait de travers !

Elle entendit Guillaume ranger bruyamment la vaisselle et sombra dans un profond sommeil.

Lui, était fou furieux. Il avait l'impression que Justine l'avait mené complètement en «bateau», que cette mise en scène de la soirée n'était faite que pour l'amadouer et le forcer à accepter ce qui était inacceptable : qu'ils aient un enfant.

Il attrapa les serviettes de table. Un petit chausson tomba. Il le ramassa, le regarda : petite chose de laine insignifiante dans sa grande main. Ses mâchoires se crispèrent. Il chercha l'autre chausson et, ouvrant la fenêtre, les lança à toute volée sur la route en contrebas.

21

Depuis trois jours, Justine et Guillaume n'échangeaient que des phrases banales dues aux nécessités de la vie courante. Ni l'un ni l'autre n'osait aborder le sujet qui, pourtant, occupait leur esprit nuit et jour.

Justine pensait que le silence de Guillaume était peut-être acceptation de la situation... Que le temps passait et que le délai légal des dix semaines pour l'IVG allait bientôt être dépassé. Curieusement, plus elle devait lutter pour garder ce bébé, plus elle s'y attachait. Il était devenu une réalité, une partie de sa vie. Elle avait un caractère de rebelle et depuis son enfance se retrouvait souvent dans des situations conflictuelles où elle aimait être seule contre les autres. Elle était furieuse de la réaction de Guillaume face à Pierre Valembois : cela la blessait dans son orgueil. Elle était libre de choisir, elle seule ; sans l'influence de Guillaume qui la poussait à avorter ni de Valembois, qui lui aurait conseillé le contraire. Et elle, alors, dans tout cela ! Elle plaignait les femmes qui n'avaient pas son mauvais caractère et qui se retrouvaient coincées par les décisions des autres, sous l'emprise de conceptions misogynes, égoïstes ou strictement matérialistes !

Sa grossesse ne l'inquiétait plus maintenant. Elle souriait de ses premières angoisses. La seule chose qu'elle essayait d'analyser aujourd'hui, était ses liens avec Guillaume. Quel était la profondeur de leur amour ? L'aimait-il vraiment, ou n'était-elle pour lui qu'un instant de plaisir éphémère ? Elle ? Elle l'aimait. Elle aimait sa rudesse, son petit côté maladroit, son caractère passionné et un peu fou-fou... comme un jeune animal qui s'ébat. C'était cela sans doute toute la difficulté ! Il était un jeune animal, il manquait de maturité, il n'avait pas confiance en lui, cette responsabilité de père le dépassait complètement.

Il fallait qu'ils se parlent. Comment lui faire comprendre l'importance de ce bébé ?

C'est Guillaume qui brusquement mit fin à leur silence.

Ils avaient décidé de se promener comme ils le faisaient souvent, sans but, choisissant les environs au hasard de leur inspiration.

– Bon, j'ai réfléchi, Justine ; ce bébé, c'est vraiment pas mon truc. Je ne peux pas. On vivait ensemble, et c'était convenu entre nous de n'avoir aucune attache fixe, de garder notre liberté. C'est pour cela que l'on ne s'est pas marié. D'accord ?

Il n'attendit pas la réponse de Justine.

– Je t'aime beaucoup mais je veux rester libre. Je ne suis sans doute pas capable de t'apporter la sécurité, le bonheur d'une vie tranquille... ce n'est pas de ma faute si la contraception a foiré. Il ne faut pas m'en vouloir Justine, mais si tu veux que l'on continue à vivre ensemble, c'est sans gosse. Tu le voulais comme cela toi aussi, je ne comprends pas pourquoi tu changes d'avis maintenant.

Ils se promenaient dans la campagne depuis un moment. Ils ne se tenaient pas la main et avaient marché en silence pendant longtemps. L'hiver tirait à sa fin et quelques bourgeons s'efforçaient de poindre

Guillaume ne regardait pas Justine, il ne voyait rien. C'était plus facile de parler comme cela.

Justine soupira.

– Tu sais, il y a tant de choses que l'on dit avant d'être plongé dans une situation, parce que l'on n'a ni expérience, ni maturité nécessaire pour tout comprendre. Je ne suis plus la même Guillaume, nous ne sommes plus les mêmes. Il y a en moi un enfant de toi. J'ai en moi la preuve vivante de ton amour. Tu ne peux pas savoir, c'est tellement difficile à expliquer, mais c'est merveilleux et si étrange en même temps. Je t'aime Guillaume, je ne veux pas te détruire en moi. C'est tout simple !

– C'est du sentimentalisme, surtout. Tu te crées des impressions. Cet enfant, ce n'est pas moi !

Elle s'arrêta au bord du chemin. Un vent assez fort jouait dans ses cheveux dont les mèches épaisses lui fouettaient le visage.

– Guillaume tu es libre. Pars, si tu ne veux plus de moi. J'ai décidé de garder cet enfant, mon enfant, je le garderai... je m'en fiche de tout le reste ! C'est lui qui est important !

– Justine, ne fais pas l'entêtée. Je t'aime aussi, tu le sais. On a l'impression que tu fais un caprice, et que tu ne veux pas reconnaître ce qu'il convient de faire ?

– Ce qu'il convient de faire ? Mais, c'est extraordinaire ! Ce qu'il convient de faire ! De faire comme tout le monde ? D'être dans le même moule ?... Ah ! c'est tellement facile de se décharger de sa responsabilité en disant à la femme de se faire avorter ! Oui, j'ai mauvais caractère, oui, je suis libre de mon corps, oui, je suis libre de ne pas être comme les autres ! Voilà !

Elle était furieuse !

– Enfin, tu ne vas quand même pas élever toute seule un gosse. Je trouve qu'à deux c'est déjà compliqué !

- «Tu» trouves, toi, toi... mais tu ne penses qu'à toi, mon vieux. Fais un effort... Oh ! et puis, non, ne fais pas d'effort, reste comme tu es, jouis de ce que tu peux jouir aujourd'hui, pars, je m'en moque, je ne serais pas la première «fille-mère» comme on le disait dans le temps, je me débrouillerai toute seule. de toute façon, soit tu acceptes l'enfant avec joie et on l'accueille ensemble, soit tu n'en veux pas et on se quitte.

Guillaume ne répondit rien.

Ils approchaient de la voiture et n'avaient aucune envie de prolonger la promenade. Ils étaient tous les deux horriblement malheureux, c'était la première fois qu'ils se disputaient ainsi. Quelque chose venait de se briser, et ils savaient que ce serait terriblement difficile à réparer.

Guillaume mit en route le moteur, qui ronronna doucement, il alluma la radio pour meubler le silence qui devenait trop lourd.

En rentrant du travail quarante-huit heures plus tard, Justine trouva un appartement vide de nombreux objets. Un petit mot était sur la table:

«Pardonne moi, je t'aime – Guillaume.

PS : je te laisse tout ce qu'on a acheté ensemble, garde l'appart, je me débrouillerai. Si tu changes d'avis tu peux me joindre chez mon frère.»

Justine froissa le papier : je ne pleurerai pas, je ne pleurerai pas...

Elle ouvrit la fenêtre et respira à fond l'air printanier. Un long sanglot la secoua. Elle se sentait si seule ! Si incomprise ! Depuis leur conversation, peu à peu, elle savait qu'elle ne résisterait pas à la solitude, qu'elle ne pourrait vivre sans Guillaume. Elle était ébranlée, alors qu'elle se croyait si solide ! Jamais elle ne s'était imaginé qu'il puisse aller au bout de son refus. L'appartement vidé de ses affaires lui devenait odieux. Peut-être avait-il raison. Il fallait qu'elle renonce à cet enfant arrivé trop tôt, trop vite, sans désir, ni amour. Elle ne pourrait vivre sans Guillaume. L'enfant ? Elle l'oublierait, puisqu'elle ne le connaissait pas...

– Ah ! tout cela est trop idiot !

Elle referma la fenêtre brutalement.

Pendant deux jours encore, elle rumina de noires pensées. Se coucher seule, se lever seule, manger seule lui était trop pénible. Jamais se disait-elle, je ne pourrai vivre ainsi plusieurs mois et supporter seule une grossesse, un accouchement. Elle avait voulu paraître forte, elle n'était qu'esclave d'un amour dont elle avait trop besoin... et elle était si fatiguée, si fatiguée...

Le troisième jour, elle attrapa le téléphone d'un mouvement brusque. Tant pis, elle préférait garder Guillaume. Ils auraient un enfant plus tard, en choisissant le moment ensemble.

– Allo ? je voudrais le service de gynécologie sociale, s'il vous plaît.

Le rendez-vous fut pris pour le lendemain. Les examens déjà faits et l'âge de la grossesse accélérèrent l'intervention.

Le visage fermé, elle n'était même plus malheureuse, seulement déterminée à reprendre la vie comme avant, à effacer la mésentente avec Guillaume, à retrouver goût à son travail, à sortir et rire avec ses amis.

Elle se jugeait, après coup, très sévèrement: elle avait été faible et lâche, elle n'avait pas été fidèle à ses engagements avec Guillaume et elle s'était laissé berner par le plaisir éphémère d'une maternité.

Guillaume prévenu, refit apparition, en allant la chercher à l'hôpital. Il avait remis ses affaires en place. Ils échangèrent peu de mots... Et ne parlèrent jamais, plus jamais de cet accident de parcours.

Et pourtant, Justine ne pouvait l'oublier. Elle demanda son transfert dans un service de chirurgie intestinale... elle ne voulait plus entendre parler de femmes, de leurs désirs de grossesse ou d'IVG. Elle faisait un véritable rejet de la gynécologie au grand étonnement de Pierre Valembois, à qui elle ne donna évidemment aucune explication.

Elle devint peu à peu autoritaire, dure avec elle-même et les autres. Quelque chose s'était cassé avec Guillaume et s'était si difficile à raccommoder !... Sans doute leur faudrait-il du temps. Comme un château de cartes, détruit en un quart de seconde, nécessite plusieurs heures de reconstruction. Mais peut-on le reconstruire à l'identique ?

Elle vivait au jour le jour, ne se sentant plus capable de faire de projet avec Guillaume. Toute sa vie était maintenant en équilibre instable sur un amour mouvant... tout simplement parce que l'un et l'autre n'avaient pas réussi à se comprendre et à s'entendre sur l'essentiel d'une vie commune, et qu'ils avaient ainsi détruit, par leur égocentrisme réciproque, leur amour niché dans une petite vie.

Mais ni l'un ni l'autre ne pouvait l'admettre.

22

Cela faisait longtemps que Justine n'avait pas vu Clotilde. Elle la fuyait même, ne supportant plus de voir une femme enceinte et apparemment heureuse de l'être.

Et Clotilde arrivait au terme de sa grossesse.

Tout s'était tellement bien passé qu'il lui arrivait fréquemment de se dire que le diagnostic médical de l'anomalie cardiaque n'était qu'un rêve et que l'enfant allait être comme les autres.

De longues périodes de sérénité succédaient à des heures de désespoir le plus complet.

Elle se laissait aller à pleurer doucement, sans-à-coups. Il fallait que le trop-plein de sa tristesse puisse s'échapper.

Elle n'avait préparé ni berceau, ni layette, cachant tout cela à Christiane qui voulait l'aider.

– Ne t'inquiète pas, Maman, tout est prêt depuis longtemps, lui disait-elle.

Enfin une nuit, des contractions se firent soudain fortes et rapprochées. Patrick, réveillé en sursaut alla chercher la petite voisine, pour surveiller les enfants, comme convenu.

Ils partirent à la maternité.

La nuit était très sombre et de gros nuages s'égouttaient en flaques qui s'écrasaient avec force sur le pare-brise, tandis qu'un vent violent secouait les arbres bordant la route.

– Chéri, tu restes avec moi tout le temps, n'est-ce pas ?

– Bien sûr, comme pour les autres.

– Tu n'oublieras pas surtout, pour le baptême, continua Clotilde en grimaçant de douleur, tant une nouvelle contraction s'était faite violente... Dépêche-toi, j'ai peur que cela arrive vite !

Patrick fonçait sur la route, une angoisse et un début de panique l'assaillaient.

– Cela va aller, ne t'inquiète pas, dit-il pour se rassurer lui-même. Pour le baptême, le Père Philippe m'a donné un peu d'eau bénite et m'a tout expliqué. De toute façon, on peut baptiser aussi avec n'importe quelle eau. Il prie pour toi, pour le bébé. Il l'a mis dans les mains de la Sainte Vierge. Aie confiance, chérie.

Il rechercha la main de Clotilde dans la pénombre de la voiture et lui sourit. Elle sourit aussi, crispée par les contractions qui la tenaillaient de plus en plus.

Enfin les lumières de la maternité apparurent.

Patrick s'engouffra aux urgences qu'il avait repérées discrètement quelques semaines auparavant, en homme prudent.

Un quart d'heure plus tard, Clotilde était installée en salle de travail, un monitoring sur le ventre, une perfusion branchée au bras.

Une sage-femme s'approcha d'elle.

– Tout est pour le mieux, Madame.

– Pour l'instant dit Clotilde.

– Pour l'instant, répéta la sage-femme qui connaissait le cas du bébé, le médecin va arriver, nous avons prévenu l'anesthésiste et le pédiatre. L'enfant pourra être emmené tout de suite en réanimation cardiaque si nécessaire.

– Promettez-moi une chose, demanda Clotilde.

– Oui ?

– Je veux l'embrasser... Au moins une fois.

La sage-femme la regarda avec émotion et lui tapota la main.

– Je ne l'oublierai pas.

– Merci.

Les minutes passaient, longues, de plus en plus épuisantes pour Clotilde qui essayait, en se concentrant sur sa respiration, de mieux gérer les douleurs des contractions. Enfin on la conduisit en salle d'accouchement.

– Le col est complètement dilaté, vous avez perdu les eaux, c'est pour bientôt, cela a été très vite. Je ne vous ai même pas proposé la péridurale, on n'avait pas le temps de la mettre en place.

– Pas d'importance, dit-elle dans un souffle.

L'onde de douleur partait du dos et lui encerclait le ventre, elle se sentait prise dans un étau, la respiration courte.

Elle suivit scrupuleusement tous les conseils de la sage-femme dont le calme et la précision la rassuraient complètement.

Soudain elle entendit des voix masculines derrière elle.

– Ah ! voici, notre chère petite Clotilde, dit le médecin.

Elle tourna légèrement la tête et vit avec plaisir le médecin qui la suivait depuis longtemps.

Les gestes des uns et des autres étaient réglés comme une horloge. Patrick, tout de blanc vêtu, tenait la main moite de Clotilde. Il était horriblement malheureux de la voir souffrir ainsi de plus en plus. L'angoisse d'un bébé qui devrait lutter pour vivre –s'il vivait– augmentant encore plus son désespoir.

Il serra dans l'autre main, le petit flacon d'eau bénite : «Marie, là-haut, viens à notre secours !»

La salle était calme, seuls quelques mots étaient échangés entre les médecins. La sage-femme conseillait constamment Clotilde qui émettait de plus en plus souvent des petits gémissements. On entendait sa respiration haletante.

– Allez-y maintenant... poussez, poussez.. relâchez... respirez... Tout va bien... Il va venir vite ce petit.

Une grosse contraction enserra Clotilde. Elle eut l'impression d'éclater et fit un effort énorme... elle voulait qu'il sorte très très vite pour ne pas le faire souffrir... elle eut l'impression de se déchirer en deux et un glissement se fit soudain en elle, tandis que toute douleur s'effaçait.

– ... Et voilà !

Un pleur retentit dans la salle

– Une superbe petite fille.

Clotilde reçut sa fille gluante, sur elle.

– Il faut faire très vite, dit le pédiatre.

Elle l'embrassa tendrement : «Bonjour, Maïlys !»

Le pédiatre saisit l'enfant qui pleurait.

– Patrick, Patrick !

Clotilde, tirait sur le bras de son mari, paralysé devant les événements.

– Baptise-la, vite.

A moitié déboussolé et très ému, Patrick regarda le pédiatre qui manipulait des tas de fils qu'il branchait sur sa fille.

– Allez-y Monsieur, vite. Pour l'instant tout va bien, mais il ne faut prendre aucun risque.

Patrick déboucha le petit flacon et, la main tremblante, versa un peu d'eau sur la tête du nouveau-né.

– Maïlys, je te baptise, au nom du Père et du Fils et du Saint Esprit.

L'eau coula sur son front.

Le pédiatre l'essuya délicatement, ému, malgré lui, devant cette situation inhabituelle...

Clotilde s'était redressée pour regarder.

Elle retomba en arrière, épuisée, tandis qu'une nouvelle contraction, plus faible, la fit grimacer.

– Et voilà, le placenta est expulsé, dit le médecin.

Patrick s'approcha d'elle.

– Elle vit, elle vit, notre petite Maïlys, tu verras, elle vivra.

Il n'en pouvait plus d'émotion. Des larmes coulaient aussi des yeux de Clotilde, mouillant son visage tiré. Elle était anéantie de fatigue.

La sage-femme regarda Patrick

– Il est préférable de sortir maintenant, Monsieur, allez faire un tour et boire quelque chose pendant que l'on s'occupe de votre épouse. Vous la retrouverez dans sa chambre.

– Et Maïlys ?

– On l'emmène tout de suite en réanimation. Une ambulance était prévue.

Deux heures plus tard, Clotilde, propre et fraîche, reposait dans le lit d'une chambre claire et gaie. Tout était prévu pour la maman et son bébé. Mais il n'y avait pas de berceau près d'elle.

Elle entendit au loin les pleurs d'un nouveau-né.

Patrick l'avait bientôt rejointe. Il avait été boire un café au distributeur du rez-de-chaussée où il trouva deux autres hommes, pâles et fatigués. «Heureux pères comme moi, se dit-il avec un pincement au cœur.»

– Tu as des nouvelles de Maïlys ? demanda Clotilde.

– Non, aucune, nous n'en aurons que demain matin.

Cette petite Maïlys était leur fille, elle faisait partie de leur famille comme si elle était là depuis longtemps. Ils avaient voulu ce prénom : Marie des Lys, tant ils s'étaient confiés à la Vierge pendant la grossesse de Clotilde.

– Elle est belle, dit Clotilde.

– Aussi jolie que sa mère, répondit Patrick qui pourtant intérieurement, trouvait toujours les nouveaux-nés bien chiffonnés et grimaçants !

– J'aimerais tant la voir, la tenir dans mes bras... savoir comment son petit cœur bat... Ou s'il s'est déjà arrêté. Oh ! Patrick, c'est trop dur ! Trop dur !

Elle sanglotait.

– Pleure, ma chérie, tu es épuisée, c'est vrai que c'est si difficile à comprendre, à admettre et à vivre !

Une infirmière entra dans la chambre, examina Clotilde, prit sa tension, ses pulsations.

– Il faut vous reposer maintenant, il est trois heures du matin. Monsieur aussi a le temps d'aller dormir un peu.

Nous aurons des nouvelles de la petite Maïlys tout à l'heure.

Patrick embrassa tendrement sa femme. Cette naissance qu'ils avaient tant appréhendée, les soudait encore plus.

Clotilde peu à peu se calma, mais son sommeil fut entrecoupé de cauchemars. Enfin elle sombra dans le vide et l'oubli.

A sept heures, une équipe d'infirmières la réveilla. Elle n'osait demander des nouvelles de sa fille.

Puis le téléphone sonna vers huit heures trente, c'était Patrick.

– Tu as pu dormir un peu ? s'inquiéta Clotilde.

– Oui, oui, enfin pas beaucoup. C'est toujours difficile quand tu n'es pas à côté de moi. Et toi, comment ça va ?

– Je crois que j'aurais besoin de dormir des heures, mais tout va bien.

– Tu n'as pas eu de nouvelles de Maïlys ?

– Non, aucune, répondit tristement Clotilde.

– Je vais aller à l'hôpital tout de suite et je te rappelle. J'ai prévenu le magasin que je serai absent deux jours, il n'y a pas de problème... Je te téléphone le plus vite possible. Je t'embrasse.

– Patrick !

– Oui ?

– Je t'aime.

– Oh ! moi aussi, si tu savais !

Clotilde regardait les minutes passer. Elle comptait : il m'a appelé à huit heures trente, le temps d'aller à l'hôpital, de réussir à trouver le service, à voir un médecin, à lui poser les questions, à m'appeler... ou à venir directement ici, si les nouvelles sont trop mauvaises... Il faut que je me raisonne, je ne saurai rien avant onze heures même midi... Fermer les yeux, dormir, dormir... et oublier.

Le temps passait. Enfin un coup discret à la porte.

– Entrez, dit-elle.

Un énorme bouquet de fleurs cachait le visage radieux de Patrick

– Pour ma femme adorée, s'exclama-t-il.

– Alors ? dit-elle dans un souffle.

– Alors, c'est... C'est incroyable, chérie ! Maïlys va bien, elle va vraiment bien, son petit cœur bat, pas tout à fait normalement, mais c'est correct pour l'instant.

– Elle va vivre ? cria presque Clotilde en se redressant sur ses oreillers.

– Elle en a toutes les chances. Les médecins lui font encore des tas d'examens. Il y a bien une grosse malformation cardiaque, mais c'est moins important que ce que l'on craignait à partir des échographies. Il faudra l'opérer dans quelque temps, mais plus on peut attendre et plus elle réussira à s'en sortir !

– Je pourrai la voir ?

– Non seulement tu pourras la voir, mais ils terminent encore quelques examens et la ramènent ici en fin de journée, en principe, pour que tu puisses la nourrir. Ce sera excellent pour elle.

– Oh ! Patrick ! Patrick !

Ils tombèrent dans les bras l'un de l'autre. Le gros bouquet, posé sur le lit fut à moitié écrasé par le poids de Patrick.

Elle le repoussa soudain, inquiète !

– Mais je n'ai rien préparé, pas de berceau, pas de layette, rien. Mon Dieu, comment vais-je faire !

– Eh ! bien, ta maman se fera un plaisir de combler toutes ces lacunes. Elle comprendra tout, quand on le lui expliquera. Elle sera tellement heureuse aussi.

Clotilde était complètement excitée, gardant au fond du cœur un reste d'inquiétude, elle avait tant besoin de sentir ce «petit bout» sur elle !

Il lui fallut attendre encore jusqu'à dix-huit heures.

Elle entendit le bruit d'un petit lit à roulettes comme elle les devinait depuis le matin, passant dans le couloir. Le petit lit s'arrêta, elle retint son souffle. La porte de la chambre s'ouvrit, l'infirmière et le pédiatre entrèrent avec le bébé dormant calmement dans son lit transparent.

Clotilde se redressa et s'appuya sur le coude pour voir sa fille. Elle lui caressa doucement la main, les petites joues roses et rebondies. Maïlys fit une petite grimace.

– Comme elle est belle, dit-elle doucement

– C'est un vrai miracle, dit le pédiatre. On va pouvoir la sauver ! Votre accouchement s'est tellement bien passé qu'elle n'en a pas du tout souffert. On va laisser un monitoring branché ; au moindre problème, un bip se déclenche et vous appelez l'infirmière. La nuit on la prendra pour bien la surveiller et ainsi vous pourrez vous reposer. Voilà, on va vous montrer comment faire pour la prendre en débranchant les fils pour la tétée.

Le pédiatre prit la petite fille délicatement.

– C'est vrai qu'elle est très belle ! Voilà, dit-il en la posant dans les bras de Clotilde qui n'osait bouger.

– Ne craignez rien, elle n'est pas en porcelaine, dit-il en riant.

Ils restèrent un petit moment dans la chambre. Leur présence était indispensable à Clotilde pour l'aider à passer le cap de l'appréhension et à apprivoiser son bébé. Enfin, la mère et sa petite fille se retrouvèrent à deux.

– Ma Maïlys, ma toute petite... je t'ai déjà tant aimée, croyant ne jamais te connaître.

Elle la berçait doucement. L'enfant s'était endormie, la tête contre le sein maternel.

Elle sursauta, réveillée dans son demi-sommeil, par deux coups frappés à la porte.

– Entrez !

La figure de Nicolas parut tout d'abord, comme s'il hésitait à entrer.

– Oh ! ce que tu es sympa de venir, s'écria Clotilde.

– Salut, répondit Nicolas, un peu mal à l'aise dans cette chambre de clinique. Bravo pour ton bébé.

Il embrassa sa sœur sur les deux joues et se pencha sur la petite chose couchée dans son berceau. Il fut surpris par sa petite taille.

– Mais elle est toute petite !

– Un poids à peu près normal, tu sais, heureusement que ce n'est pas plus gros !

– Tu vas bien ?

– Très, très bien, mais j'ai eu beaucoup de soucis pour elle, car elle a une malformation cardiaque et on croyait qu'elle ne pourrait pas vivre.

– Ah ! Je ne savais pas, c'est pour cela qu'il y a tous ces fils ? demanda-t-il en désignant le monitoring.

– Oui, c'est une précaution. On surveille son cœur... elle sera opérée certainement dans quelque temps, mais pour l'instant elle vit, et c'est merveilleux. Alors et toi, comment vont les études ?

– Pas de problème de ce côté-là, ça roule.

– Qu'est-ce que tu veux faire plus tard ?

– Je vais essayer de faire l'Institut Supérieur de l'Agriculture.

– Papa doit être content !

– Sans doute, mais je le fais parce que j'en ai vraiment envie. Tu sais, gérer une terre, faire pousser les cultures ou élever des animaux, cela nécessite aussi bien une formation technique, scientifique, biologique qu'économique. Et puis, avoir sa terre, sa ferme, c'est quand même mieux que de vivre dans un petit HLM de ville, non ? J'ai besoin de respirer moi !

– Je te comprends, le problème ensuite c'est de réussir à créer une famille, il n'y a pas beaucoup de jeunes femmes qui acceptent d'être fermières !

– Fermière, non, mais gérante d'exploitation agricole, cela a plus de classe non ?

Clotilde rit.

– Evidemment, tu as l'art de bien te vendre !

– Oh ! et puis les filles !...

– Quoi les filles ?

– Ce n'est pas l'essentiel de l'existence, c'est bien trop compliqué !

– Ah ! bon, tu trouves ?

Nicolas fit la moue.

– Toi ou Justine ce n'est pas pareil, mais celles qui vous tournent toujours autour, ce que c'est casse-pied ! C'est idiot parce qu'on les aime bien, mais si elles veulent toujours faire comme nous, ne pas nous laisser entre mecs, quand on en a envie, on les rejette au lieu d'être sympa !

– Tu sais, c'est normal qu'elles veuillent faire comme les garçons, elles ont toujours été éduquées dans ce sens en classe, depuis qu'elles sont en primaire. Et ce n'est pas facile, à l'adolescence de reconnaître que l'on est différent, si on a encore dans la tête que la différence féminine est une infériorité.

– Bon, de toute façon, dit Nicolas, je suis heureux comme je suis, et on verra bien plus tard !

– Tant mieux ! dit en souriant Clotilde.

La petite Maïlys remua dans son berceau et se mit à pleurer venant au secours de Nicolas qui souhaitait vivement changer de conversation.

– Tu veux me la donner ? Regarde, tu débranches le fil, là, et c'est tout. Oh ! avant, tu te laves les mains, s'il te plaît.

Très intimidé, Nicolas prit le bébé dans ses grandes mains. Ce qu'elle était légère ! Il sentait le contact chaud de sa petite tête contre son bras. Elle se tut. Emu, Nicolas regardait cet enfant... fruit de l'amour.

Le téléphone sonna. Clotilde fit signe à Nicolas de garder le bébé encore un instant et elle décrocha.

Très impressionné d'avoir cette petite chose remuante dans les bras et craignant de faire un faux mouvement, Nicolas s'assit dans l'unique fauteuil de la chambre.

– Allo ? Ah ! Justine ! s'exclama Clotilde. Merci, oui très bien !... Oh ! tu sais, la fameuse anomalie cardiaque est bien là.. Mais oui, je savais que c'était très grave. Elle sera sans doute opérée prochainement, mais pour l'instant tout va pour le mieux.

Justine, à l'autre bout du fil, était abasourdie. Non seulement Clotilde connaissait la gravité de la maladie de l'enfant, mais elle avait pris le risque de le garder. Inconscience ? Force ?... Quelle fille !

– Chapeau, dit-elle, tu en as eu du courage !

– Oh ! tu sais, sans Patrick et le Père Philippe, je n'aurais pas tenu le coup. On n'a pas un enfant tout seul.

– Oui, je sais.

Justine ressentit un pincement au cœur. Oh ! oui, se dit-elle, on n'a pas un enfant tout seul, mais la femme doit trop souvent supporter sa venue ou son refus, dans le plus complet abandon.

Elle s'enquit encore de la santé de Clotilde et de Maïlys.

– Tu viens nous voir ? demanda Clotilde.

– Je vais essayer, mais je suis débordée de travail, s'excusa Justine, je suis une nouvelle formation.

Elle se sentait incapable de voir un nourrisson maintenant.

– Ah ! bon, mais j'espère bientôt quand même.

– Oui, oui et encore bravo !

Clotilde raccrocha, sans se poser de questions. Elle ignorait tout de la vie de Justine. Elle regarda en souriant Nicolas maladroit mais attendri par le bébé.

– Donne-la moi, je vais la nourrir.

23

Justine n'enviait même pas sa sœur qui paraissait si heureuse.

Elle avait pris un autre chemin, tellement différent. Elle essayait de reconstruire son existence curieusement fracturée en deux mois. Elle se disait que tout devait recommencer comme avant, qu'elle était la même, que Guillaume non plus n'avait pas changé.

Leurs conversations étaient creuses, sans intérêt, leurs promenades communes devenaient de plus en plus rares.

Justine prétextait sa préparation à l'Ecole des Cadres Infirmières ou de nouvelles responsabilités à l'hôpital pour rentrer de plus en plus tard. Guillaume lui, était retenu par des reportages durant de longues semaines.

Et Justine eut soudain envie de tout recommencer, de tout oublier, d'effacer Guillaume de sa vie, de ses souvenirs.

Elle aspirait à la sérénité d'une solitude voulue. Guillaume, lui aussi, elle le devinait, voulait construire sa vie autrement.

Elle voulait partir, s'enfouir dans son travail. La vie commune commençait à la dégoûter.

Elle ne supportait plus la nuit, quand Guillaume s'endormait à côté d'elle, après qu'ils eussent encore une fois partager un amour devenu fictif. Car alors, elle se caressait le ventre, ce ventre devenu vide et plat, et une tristesse lancinante lui glaçait le cœur.

Ce soir-là, ils regardaient ensemble un film d'aventure à la télévision. Ils étaient fatigués tous les deux : un reportage dans des conditions très difficiles pour Guillaume, de nombreuses urgences et un personnel restreint pour Justine.

Ils grignotaient une quiche lorraine, à peine attentifs à l'histoire d'espions et de crimes.

– J'y pense, dit tout à coup Guillaume, nous n'avons pas fait de projets encore pour les vacances. Tu as des dates précises ?

– Oui, en juillet, dit Justine, et toi ?

– Pas avant le 15 juillet, mais c'est assez souple. Tu as une idée de ce que l'on peut faire ?

– Non, cela m'est égal, répondit Justine d'un ton las.

Guillaume se leva pour chercher une bière à la cuisine.

La conversation traînait en longueur.

– Et toi, s'efforça de demander Justine, que souhaites-tu faire ?

– J'ai un copain qui me propose de l'accompagner pour une croisière de dix jours sur son voilier. Il a besoin de coéquipiers.

– Je suis invitée ?

– Je ne sais pas.

– De toutes les façons, cela ne me dit rien, vas-y si tu veux.

Elle soupira. Ils se regardèrent droit dans les yeux. Ils sentaient qu'il fallait qu'ils se parlent enfin sérieusement.

– Cela ne va plus entre nous, n'est-ce pas Justine, dit doucement Guillaume.

– Non cela ne va plus, répondit-elle tristement.

– Nous avons vécu une belle aventure. Au début, quand nous nous étions promis de rester ensemble tant que nous nous aimerions, nous nous le disions peut-être sans y penser, parce que notre amour semblait éternel, mais aujourd'hui, tout est devenu complètement terne. On vit comme des amis. Tu ne trouves pas ?

– Oh ! oui, soupira Justine, nous ne construisons plus rien du tout.

A-t-on d'ailleurs construit quelque chose ensemble ? se demanda-t-elle soudain. Que va-t-il rester de notre union de deux ans ? Des photos, des souvenirs... Rien de plus.

Elle se mit soudain à penser à sa grossesse refusée et eut envie de pleurer.

Elle se pinça les lèvres.

– Je crois que toi aussi, tu préfères retrouver ta liberté, n'est-ce pas ? lui demanda-t-elle.

– Ce n'est pas une question de liberté, c'est le fait que vivre ensemble doit procurer du plaisir, un certain bonheur, sinon à quoi cela rimerait de continuer ?

– En bref, dit brusquement Justine, nous ne nous aimons plus, et pour l'instant à cause d'une certaine habitude, nous n'osons pas nous quitter. Ce n'est pas la peine d'arriver au moment où l'on en viendrait à se disputer... il est préférable de repartir chacun de son côté.

– Je crois que c'est mieux aussi.

Ils se sentirent soudain très soulagés l'un et l'autre. Plus tard, dans la nuit, quand le film fut terminé, ils mirent rapidement au point la liquidation de l'appartement et le partage des objets achetés en commun. Ils réussirent à s'entendre sans trop de discorde, conscients qu'il fallait régler rapidement une situation qui deviendrait trop pénible si elle se prolongeait.

Dix jours plus tard, Justine s'installait provisoirement dans une petite chambre meublée, triste et sombre.

Elle essaya de la décorer au mieux en fixant ses photos.

Un petit lit dur, occupait une partie de la chambre contre une table en bois.

Elle s'y assit, plongée dans un cafard monstre, ne s'étant jamais sentie aussi seule et abandonnée de toute sa jeune existence.

24

Le jardin était encerclé de hauts murs cachés par des platanes et des châtaigniers. Les rhododendrons aux escarboucles de grenat rouge foncé, les magnolias irisés de rose et blanc, le cerisier japonais aux fleurs éphémères et un gros forsythia jaune l'égayaient des multiples couleurs d'un printemps précoce. En son centre, une escarpolette se balançait sous le poids de Carole.

Elle se trouvait chez les parents de Magali, invitée pour le déjeuner dominical. Elle s'apprêtait à partir pour une tournée en Italie.

Son cœur se serrait d'émotion à l'idée de quitter ses amis. Elle avait trouvé avec eux une sécurité tranquille. Elle ne pensait plus à rien, elle se laissait vivre. Mais son existence n'était pas la leur. Il lui fallait rejoindre les salles de concerts, prendre trains et avions, s'habiller de noir sous les projecteurs, travailler sans relâche les mêmes partitions, et se retrouver seule, seule, toujours seule au milieu des autres.

Elle avait déjà trop tardé à rejoindre l'orchestre dont elle faisait partie et ne pouvait se permettre, financièrement, de rejeter des contrats dont elle avait, matériellement, grand besoin.

Elle contemplait, rêveuse, la grande maison ancienne d'où s'échappaient les bruits d'une vie de famille normale : cris d'enfants, rires puissants des hommes, murmures de conversations.

Carole gardait encore en elle le souvenir des dernières paroles de Jean Casal. Elle essayait de se les remettre en mémoire pour ne rien perdre de leur substance : rechercher l'amour au fond d'elle-même... Mais les phrases s'embrouillaient et elle ne voyait que son visage, creusé par la souffrance et qui lui rappelait un autre visage, celui de l'être aimé qu'elle ne pouvait même plus reconnaître sur son lit de mort.

Pierre et Magali s'approchèrent d'elle. Pierre tenait le petit Mathieu dans les bras, comme si c'était un vase de cristal fragile. Il en était très fier ! Magali retrouvait sa minceur et elle rayonnait du bonheur tranquille de celle qui aimait et se savait aimée.

Carole les vit et arrêta son balancement.

– Ce qu'il est beau, s'exclama Carole, je ne me lasse pas de le regarder. Je l'ai à peine reconnu tout à l'heure tu sais, continua-t-elle en s'adressant à Magali, et il ne risque pas non plus de me connaître si je pars longtemps.

– Oh ! mais on va s'arranger pour t'organiser un concert dans la région, si tu ne reviens pas rapidement !

Le petit Matthieu s'agita dans les bras de son père qui le tendit à Carole. Elle lui sourit et l'embrassa au creux du cou. L'enfant se mit à rire en gigotant.

– On a troublé ta méditation, Carole, dit en souriant Pierre. On peut s'asseoir ?

– Bien sûr, répondit-elle en se poussant au bord de la balancelle. C'est vrai que je méditais.

– A tes partitions ? dit Magali avec un clin d'œil.

– Et ! non, c'est pas ça, loupé ! Je ne médite jamais sur

ma musique, je la joue, c'est tellement mieux ! Non reprit-elle sérieusement, je pensais à ton grand-père. Il était arrivé au bout de sa vie et n'espérait qu'une chose, rejoindre «sa Marie», comme il le disait. Il m'avait dit qu'il n'avait pas peur de la mort, que c'était bien ainsi, et puis tant de choses que je n'ai pas comprises !

Carole fronça les sourcils.

– Quand t'avait-il parlé ? demanda Pierre.

– C'était surtout dans l'ambulance quand on le transportait à l'hôpital, il semblait s'accrocher à la vie, car il voulait me faire comprendre quelque chose d'important. Il s'était arrêté de parler plusieurs fois, mais toujours il recommençait. Il voulait m'expliquer quelque chose... et j'ai même eu l'impression, qu'une fois qu'il avait supposé que j'avais tout entendu et enregistré, il s'était dit que sa mission terminée. C'est curieux de ressentir cela ainsi, n'est-ce pas ?

Pierre se leva et fit quelques pas de longs en large devant l'escarpolette. Il fixa Carole.

– Je ne te l'ai pas dit à l'époque, mais il faut que tu saches que Bon-Papa a été très... ému, de savoir ce que tu avais dû subir, et à quelle occasion nous t'avions retrouvée.

– Oui, je sais, interrompit Carole, il me l'a dit.

– A partir de là, il m'a aussi beaucoup parlé et il semblait être persuadé que toute notre société était malade à cause des lois visant à libérer, «soi-disant», la femme. Il avait tant d'estime pour toi, qu'il n'a pas compris par quel mécanisme tu en étais arrivée à accomplir un acte incompatible avec ta personnalité. C'est pour cela, je crois, qu'il avait besoin de toi, de moi, car nous pouvions comprendre ce qu'il voulait dire. Il a dû croire en la Providence pour que nous soyons justement là, au moment où il allait mourir.

Magali suivait difficilement la conversation.

– Mais qu'est-ce qu'il voulait dire ?

– Eh ! bien, Bon-Papa nous a démontré tout simplement, que nous étions des pantins manipulés par ceux qui voulaient mettre leur emprise sur notre société en valorisant la puissance de l'homme sur toute la création, en détruisant la cellule naturelle de la famille, par l'intermédiaire de la femme qui refuse les enfants. La société est alors déséquilibrée, car on met au summum de l'univers la puissance matérielle due à la seule intelligence de l'homme !

– Ah ! dit Magali en fronçant les sourcils devant une telle tirade. Elle essayait de bien saisir tout le sens de ces paroles.

– Si tu veux, reprit Pierre, on refuse toute reconnaissance d'un ordre naturel. On refuse la logique de la nature, et plus rien ne peut fonctionner.

– Oui, dit Magali, mais si tu concentres ce désordre uniquement sur le refus de la maternité, ce n'est pas entièrement exact. Je te cite le cas de toutes ces familles que je côtoie au tribunal. Des cas sociaux pour une grande part où de nombreuses femmes n'ont que la maternité pour être reconnues. Quand elles sont enceintes, l'homme évite de les frapper, elles sont suivies médicalement, on s'intéresse à elle, et cela encore quelques mois après la naissance. Pas très longtemps, malheureusement, et elles retournent vite à leur misère et à leur solitude...

– Parfois d'ailleurs, dit Pierre en l'interrompant, on voit le mari ou le concubin leur sauter dessus littéralement, même sur le lit de la maternité, car ils ne respectent même pas leur fatigue.

– Et cette humanité-là est bien triste, reprit Magali. C'est alors l'enfant qui sert de bouclier à sa mère pendant quelques mois.

– Tu vois bien, dit Pierre, que trop souvent l'enfant est objet de chantage. Et la société ne sait pas ou refuse de protéger les plus faibles et elle décharge sa bonne conscience en tuant les enfants dont on ne veut pas !

– Et si cela était vrai ? Pourquoi ?

– C'est –peut-être– vrai. Il y a tant de petits faits qui nous en donnent la preuve, mais tout cela est extrêmement complexe, noyé dans les méandres de la vie de millions d'êtres humains qui sont tous tellement différents, répliqua Pierre. Je sens au plus profond de moi-même que Bon-Papa avait raison. Je vois chaque jour trop de drames humains dus à la déliquescence des mœurs, à l'égoïsme, au matérialisme pur. Et notre société s'effrite, c'est vrai !

Carole ne réussissait pas à se sentir concernée par toute cette discussion. Elle avait toujours été très seule, mais en même temps complètement libre d'agir comme elle le voulait. Elle avait été si malheureuse. Avait-elle fait les mauvais choix ?

Les trois amis se regardaient. Jean Casal avait voulu leur transmettre une mission. Quelle était-elle ? Pourront-ils un jour y répondre ? Qui les y aidera ?

Carole soupira une fois de plus.

– Il faut que j'y pense tranquillement. J'espère que je comprendrai un jour.

Pour l'instant elle était encore tellement engluée avec elle-même, qu'elle ne savait comment réfléchir à tout cela.

Elle s'apprêta à partir.

– Je dois me sauver maintenant, le TGV ne va pas attendre.

– Tu n'as besoin de rien ? demanda Magali.

– Non, merci. Allez ! J'y vais.

– Je te dépose à la gare, dit Pierre.

Elle alla vers la maison, fit le tour de tout le monde pour dire au revoir. Enfin elle se retrouva dans l'entrée. Magali avait couché Matthieu.

Les deux amies se regardèrent en silence un moment, puis très émues toutes les deux, elles s'embrassèrent, se serrant dans les bras l'une de l'autre longuement.

– On ne va pas se mettre à pleurer toutes les deux, dit Carole avec un petit sourire triste, toi tu es heureuse avec tes deux hommes, profites-en Magali. Sache que tu as de la chance, beaucoup de chance ! Pour moi cela viendra un jour peut-être... Mais pour l'instant, ce n'est pas encore cela !

Magali implorait le ciel pour trouver l'inspiration et savoir quoi répondre à son amie.

– C'est vrai, j'ai beaucoup de chance. Mais chacun trouve un jour son bonheur. Quelquefois c'est long, douloureux, mais il ne faut jamais désespérer ! Il y a toujours quelqu'un, quelque part qui a besoin de toi, et de toi seule. Je suis certaine que tu le trouveras.

– Ne t'en fais pas, dit Carole, tu es gentille d'essayer de m'encourager... Moi, je crois que mon quelqu'un est passé dans ma vie comme une étoile filante, et qu'il ne me reste que la nuit. En tous cas, je te remercie pour tout, pour ces semaines passées avec vous. J'en ai vraiment été très heureuse, c'est vrai.

– Carole ! cria Pierre, en route ! Tu vas louper ton train !

Elle ramassa son gros sac de voyage, embrassa une fois de plus Magali et s'enfuit sans regarder derrière elle.

Magali resta un long moment sur le pas de la porte, le cœur serré.

25

Le plafond du palais vénitien étincelait sous les dorures. L'immense salle ressemblait à un musée aux mille tableaux. Face à la foule multicolore parée de bijoux scintillants, l'orchestre lançait ses dernières mesures.

Un grand escogriffe se leva avant tout le monde, dès que la note finale du concerto de Boccherini fut donnée. Il applaudissait avec l'enthousiasme de l'enfant heureux d'avoir pu profiter d'un magnifique spectacle. Amusés par son jeu, ses voisins l'imitèrent bientôt, et toute la salle se mit en harmonie, pour manifester la joie procurée par un concert d'une telle qualité. Les Italiens étaient les plus exubérants et les Japonais, sur leur réserve au début, se mirent au diapason de la foule.

Le chef d'orchestre salua plusieurs fois, puis désignant à tour de rôle les solistes, les porta aux regards de chacun. Carole se leva, tenant son violoncelle de la main gauche, l'archet de l'autre main. Ses longs cheveux blonds étaient noués en un gros chignon sur la nuque, qui en paraissait encore plus fragile. Sa longue robe noire lui donnait une silhouette élancée. Elle était très belle sous les projecteurs.

Le jeune homme parut alors au comble du bonheur et frappait des mains régulièrement avec une grande vigueur, espérant que la salle suivrait rapidement la demande de *bis* qu'il manifestait ainsi. Ce ne fut pas bien difficile d'entraîner tout le monde !

Le silence tomba sur la foule. Il n'y eut même pas une toux.

Le chef d'orchestre se pencha sur Carole. Elle hocha la tête. Les musiciens étaient immobiles. Seule, elle installa son violoncelle entre ses jambes. Les quatre doigts de sa main gauche se reposèrent un instant sur le chevalet, sa main droite s'arrondit autour de l'archet... le temps était suspendu. Elle se concentrait au maximum. Un son pur, profond et doux s'échappa, et imprégna l'air de volupté.

Comme un chant humain, la mélodie respirait, semblant venir du plus profond du cœur de celle qui en faisait le don éphémère. Bientôt, les autres instrumentistes la rejoignirent en une harmonie puissante, comme un souffle de tempête après la brise du soir.

Les archets lançaient leurs piques vers le ciel, les bras des percussionnistes frappaient l'air et les instruments à vent se dressaient au-dessus de cette marée. Le chef d'orchestre allait de l'un à l'autre, attentif. Un roulement, puis ce fut le silence.

Dans la salle, un court instant, personne ne bougea, même le grand jeune homme. Et soudain ce fut un déferlement d'enthousiasme.

Bientôt, le dernier spectateur quitta la salle, encore sous le charme de la musique.

Dans les coulisses, les musiciens quittaient leurs vêtements noir et blanc, rangeaient leurs partitions et leurs instruments. Assoiffés, ils buvaient des jus de fruit.

– Bravo Carole, tu as été encore plus merveilleuse que d'habitude.

Le chef d'orchestre l'embrassa avec vigueur sur les deux joues.

– Merci, dit Carole en souriant, ce n'est pas difficile d'être bon quand on se sent bien dirigé et que l'équipe suit ! C'est à moi de dire merci à tous.

– Pour Carole, hip, hip, hip, hourra ! lança un jeune violoniste aux lunettes rondes.

Tout le monde rit de bonheur. Le stress, accumulé avant tout concert, laissait place à la détente.

– Dis donc Carole, tu viens avec nous, on va aller fêter cela au restaurant.

– Vous êtes gentils, mais je n'y tiens pas, je suis vraiment fatiguée.

– Allez quoi, on ne se couchera pas tard, tu ne vas tout de même pas rester toute seule ici, dans cette ville de l'amour !

– Non, vraiment, non, je vous remercie. Buvez à ma santé.

– Bon, bon, on n'insiste pas, mais tu as tort !

Les musiciens commençaient à la connaître, Carole. Jamais elle n'acceptait de sortir après un concert, elle se retrouvait toujours seule dans sa chambre et parfois, un peu éméchés, ils s'amusaient à la retrouver au milieu de la nuit pour lui souhaiter un bon sommeil... en la réveillant !

Carole déposa son violoncelle, plus précieux que tout, à l'hôtel et vêtue d'un pantalon et d'un gros pull, elle partit seule dans les rues de Venise.

L'humidité remontait des canaux. Les ruelles étroites fourmillaient encore par endroits de hordes de touristes gais et bruyants. Les couples enlacés marchaient doucement, s'arrêtant sur les petits ponts et contemplant le reflet des lumières sur l'eau stagnante.

Carole s'éloigna de la foule. Elle longea une petite rue et aboutit au Grand Canal. Des gondoles se balançaient au gré des vagues, noires et tristes dans la nuit.

Elle frissonna sous la légère brise qui venait de la mer. Appuyée au ponton, son regard partit au-delà des églises et des palais dont on devinait les silhouettes sur le ciel éclairé par la lune.

Elle avait repris ses concerts depuis six mois. Sa musique lui manquait et elle ne pouvait indéfiniment remettre ses engagements. Son séjour avec Magali et Pierre lui laissait un arrière-goût d'amertume et de regret.

Elle ne voulait attacher aucune importance à l'IVG subie, mais elle y repensait de plus en plus. Etait-ce à cause de la naissance du petit Matthieu ?

Elle avait été heureuse avec ses amis, mais chaque instant de bonheur n'avait lieu que dans l'oubli de sa souffrance, et cette souffrance était marquée en elle comme au fer rouge. Elle y était enfoncée, corps et âme.

Tous ceux qui l'aimaient vraiment, qui la comprenaient, partaient à jamais : après Stanislas ce fut Jean Casal. Elle savait bien que la vieillesse amène irrémédiablement la mort un jour ou l'autre, mais pourquoi, justement en sa présence. Pourquoi ? C'était elle qui entraînait la mort des autres, y compris celle d'un enfant, qu'elle avait rejeté dans la plus parfaite inconscience.

Il fallait qu'elle fuie, qu'elle fuie toujours, puisque l'amour n'était plus pour elle. Avait-elle jamais su aimer ? Pourrait-elle un jour aimer ? Qu'est-ce que l'amour ?

Elle regarda l'eau sombre, attirée par sa profondeur, comme celle de sa solitude. Brusquement elle eut envie de s'y enfoncer, d'y noyer sa vie déchirée. Le poids qu'elle avait sur le cœur l'engloutirait au plus profond de la vase dans cette ville de l'Amour où elle était si seule...

Elle s'approcha un peu plus du bord du canal. Seule sa main, celle qui guidait l'archet quelques heures plus tôt, la retenait à la vie.

Elle ferma les yeux. Elle n'avait pas peur de la mort... elle voulait simplement s'endormir à jamais et s'alléger d'un fardeau trop pesant...

26

– Ah, vous voilà, vous voilà ! Ah, quel bonheur ! Je vous ai suivie depuis votre départ du Palais et puis j'ai voulu vous acheter ces fleurs, et puis... et puis alors je vous ai perdue... Alors j'ai demandé à tous ceux que je rencontrais s'ils vous avaient vue... je leur disais... Elle est belle, elle est magnifique ! Alors les Italiens riaient. Ah, amore, amore, qu'ils disaient, mais moi cela ne m'aidait pas. Elle est blonde, elle est mince, toute de noir vêtue, non, non elle a un pantalon, un gros pull... Alors, ils riaient encore, ils ne savaient plus, ils me disaient que j'avais bu ! Mais vous voilà, ah, quel bonheur !

Les yeux agrandis de stupeur, en équilibre instable sur le bord du Canal, Carole regardait le grand jeune homme qu'elle avait à peine remarqué au Palais.

– Eh ! attention, dit-il, vous allez tomber !

Il attrapa Carole par le bras au moment où celle-ci glissait.

– Ah ! vous m'avez fait peur !

– Euh... euh... merci... Carole était complètement désorientée. Son esprit était bien loin et elle mit un moment à comprendre qui était en face d'elle.

Il était vêtu d'un costume sombre et cravate, comme il sied à ceux qui assistent à un grand concert à Venise. Il avait des cheveux blonds, un peu longs dans le cou. Il pliait sa haute taille comme pour se mettre au niveau de son interlocutrice. Ses yeux furetaient en tous sens. Sans être vraiment beau, il dégageait un charme étrange, fait d'un mélange d'innocence enfantine et d'émerveillement artistique.

– Je ne vous gêne pas ? continuait le bavard. Il triturait le bouquet qu'il avait en main. Soudain, il constata qu'il était en train d'écraser les fleurs.

– Mon Dieu, je ne fais que des bêtises !

Il tira sur le papier cellophane, redressa violemment une tige et resta avec un bouton de rose à la main. Il regarda la fleur abîmée, immobile, puis jeta vers Carole un regard penaud.

Celle-ci se mit soudain à rire, doucement puis de plus en plus fort. La situation lui paraissait tellement disproportionnée avec ses intentions d'il y a un instant, que les nerfs à vif et son extrême tension, se relâchèrent en un clin d'œil. Plus elle regardait le grand jeune homme, plus elle riait. Bientôt son rire ressembla à un drôle de hoquet, elle en avait les larmes aux yeux.

Lui, se dandinait d'une jambe sur l'autre ne sachant si elle se moquait de lui ou de la situation.

Il sourit gentiment, et émit un petit gloussement.

– Excusez-moi, hoqueta-t-elle, vous êtes trop drôle.

– Ah, bon !

Elle renifla. Il lui tendit un mouchoir, en rattrapant de justesse le bouquet.

– Si vous me le donniez ce bouquet ? dit-elle en riant de nouveau.

Un peu gauche, il le lui donna.

– Je dois vous paraître stupide n'est-ce pas ? Je suis

désolé. Je voulais vraiment vous retrouver. Vraiment. Vous me pardonnez ?

– Vous pardonner quoi ?

– De vous importuner, comme ça, alors que vous étiez tranquille, à vous reposer après cette soirée si extraordinaire.

Carole s'était un peu éloignée du bord de l'eau. Elle le regarda, son rire nerveux s'était arrêté brusquement.

– Vous aimez la musique ?

– Beaucoup. Mais ce soir, je ne sais pas ce qu'il y a eu, j'ai eu l'impression qu'il n'y avait que vous et moi dans cette salle. C'était comme un message que vous me lanciez, une chanson qui n'était adressée qu'à moi. Une chanson si triste par moment et si belle. Vous savez, ce n'est pas mon habitude de courir comme cela après les jeunes filles, c'est peut-être pour ça que je suis incapable de donner des fleurs correctement ! Mais je voulais simplement vous dire combien vous m'avez aidé ce soir, vous ne pouvez pas savoir... Cela a été si important pour moi. Vous m'avez redonné un peu d'espoir. Vous dire comment et pourquoi, je ne sais pas... Mais vous l'avez fait... et voilà, je m'en vais maintenant, je ne vais pas vous importuner davantage.

Il se baissa vers Carole, lui prit la main.

– Vos mains sont magnifiques, votre cœur aussi. Merci.

Il lui baisa la main, et regarda Carole. Ses prunelles sombres brillaient sous les reflets de la lune. Il se retourna brusquement et partit, la laissant seule, le bouquet dans les bras, sa silhouette se détachant de la surface scintillante de l'eau.

Elle resta un instant immobile. Puis se mit à courir derrière lui. En entendant ses pas résonner sur les pavés, il s'arrêta, sans oser se retourner.

– Ne partez pas.

Elle lui toucha le bras

– Ne partez pas... Moi aussi, j'ai besoin de vous.

Ils restèrent un moment silencieux, face à face, les yeux dans les yeux.

27

Ils s'étaient attardés sur la place Saint-Marc, pour écouter les musiciens qui gavaient les passants de musique de tout style, glanant par-ci par-là l'approbation des connaisseurs. Ils avaient marché des heures sans prendre garde à la nuit sombre, fraîche et humide.

Ils avaient mis leur âme à nue, ils s'étaient tout dit. Leurs deux existences se mélangeaient soudain : celles d'un journaliste et d'une artiste qui parcourent le monde et qui auraient pu ne jamais se rencontrer.

Le soleil s'étirait derrière le voile translucide de l'aube. Un à un, les Vénitiens s'activaient pour répondre aux exigences des touristes qui avaient transformé leur ville en gigantesque musée de la peinture et de l'amour. Ici on ne voyait pas les murs aux briques rongées par l'eau salée, les plâtras des murs lézardés, les canaux aux odeurs parfois nauséabondes. On venait ici parce que c'était la ville de la beauté et de l'amour. Amour transparent et pur comme le cristal de Murano et aux multiples intrigues telles les finesses de la dentelle de Burano, et nul ne pouvait imaginer un instant y voir autre chose !... sauf les Vénitiens, qui avaient conservé ce qui avait fait la richesse de leur cité : le sens du commerce !

Assis côte à côte, Carole avait posé la tête sur l'épaule de Christophe Duroi. Les yeux fermés, elle se laissait aller à une douce torpeur, réchauffée par les premiers rayons du soleil.

– Carole ! Carole –Il chuchotait presque– il faut que tu ailles te reposer un peu maintenant.

Elle se redressa et le regarda en souriant.

– Tu crois ? Je suis si bien ici. C'est beau, tellement beau !

– Mais tu m'as dit que tu avais une répétition à onze heures, il est sept heures et demi, tu dois être épuisée.

– Tu as sans doute raison, mais je voudrais que ces instants ne s'arrêtent jamais !

– Allez, courage ! Il faut aussi que je fasse mon article pour le journal, le reportage dont je t'ai parlé, sur l'architecture vénitienne, mais je crois que je vais y glisser le concert d'hier soir... et l'histoire d'une merveilleuse violoncelliste.

– Je ne suis pas un monument historique ! dit Carole, en riant.

– Tu as réussi à mettre de la vie sous toutes ces dorures, tu les as transformées.

Il se redressa, et se mit debout, tirant sur les bras de Carole.

– On va prendre des croissants et quelque chose de chaud, on se repose tous les deux et on se retrouve après ta répétition, d'accord ?

– D'accord !

Ils partirent, se tenant par la main.

Peu après un bon petit déjeuner, Christophe raccompagna Carole jusqu'à son hôtel. Tous dormaient encore, sauf le portier étonné de la voir entrer à cette heure.

– A tout à l'heure, dit Christophe.

Ils se prirent les deux mains. Christophe mit celles de Carole contre ses lèvres.

Il quitta l'hôtel et resta un instant à contempler sa façade. Puis redressant son col, car il faisait frais, il partit, il n'avait pas sommeil du tout.

Il se sentait en même temps extraordinairement heureux et ridicule de ce coup de foudre pour une fille qu'il ne connaissait pas vingt-quatre heures auparavant.

C'était un rêve, se dit-il. Il était impossible que cette nuit se fut ainsi passée : ils avaient marché, parlé, encore marché, encore parlé. A l'aube ils s'étaient donné la main, il la lui avait baisée avec respect et tendresse. C'était si peu, mais cela avait été si merveilleux !

Carole lui apparaissait comme une fleur fragile, une fleur de cristal, et lui, se sentait si maladroit, qu'il avait peur de la casser, de la détruire.

Plusieurs fois dans la nuit, la fleur s'était transformée en un petit animal effarouché et tremblant.

L'artiste, à la longue robe noire, qui l'avait ensorcelé, n'existait plus... seule restait au bord de la lagune, une ombre frêle qui, par instant, semblait s'évanouir aux reflets de la lune.

Christophe contempla, dans une vitrine, des masques de toutes couleurs, décorés plus ou moins savamment et avec goût.

Nous sommes tous derrière des masques, se dit-il, le visage que nous montrons aux autres n'est pas notre vrai visage... et c'est le vent du hasard qui, d'un mouvement brusque met le masque par terre et permet ainsi de se dévoiler et de mettre fin à cette course folle à travers le monde à la recherche de l'être fait pour soi...

Car il le savait, cette nuit, il avait rencontré celle qu'il aimerait pour toujours.

Christophe Duroi et Carole avaient pu se voir encore trois jours, instants qu'ils auraient voulu éternels.

Carole ne comprenait pas pourquoi elle était ainsi attirée par cet homme. Elle eut un sentiment de culpabilité vis-à-vis de Stanislas dont elle ne voyait plus le visage. Mais ce fut très fugitif.

Elle se mit soudain à penser à quelqu'un d'autre qu'à elle-même. Elle s'intéressa au métier de Christophe, à sa façon de travailler. Elle fut surprise du bonheur qu'elle ressentait en le voyant. Elle aimait sa haute silhouette, son allure un peu raide, ses maladresses dues à une sorte de timidité qui le quittait tout à fait quand il faisait une interview.

Carole avait pu accompagner Christophe pour la visite d'un palais et s'était beaucoup amusée en assistant aux jeux des questions et réponses avec le propriétaire des lieux.

Quand il leur fallut se quitter, ce fut beaucoup plus douloureux qu'ils n'auraient pu l'imaginer.

– Carole, dit Christophe, en la prenant par les épaules, est-ce que tu veux bien que l'on se revoie ?

– Il va falloir que nous sachions harmoniser nos agendas ! sauf si tu as envie de faire un reportage à chacun de mes concerts... ce serait peut-être la solution dit-elle en souriant !

– Je crois que je manquerais totalement d'objectivité et que mes patrons n'aimeraient pas cela !

– Tu es souvent à Paris ?

– Assez souvent quand même, et voici mon adresse, dit Christophe en donnant à Carole une carte de visite. Il y a aussi les coordonnées du journal. Là on sait toujours où je suis.

– Pour moi, c'est sans doute plus difficile, voilà aussi mon adresse, répondit Carole. Tu me laisseras des messages sur le répondeur, je l'écouterai tous les jours à distance.

– Bien...

Soudain ils ne surent plus quoi se dire.

– Christophe... je voudrais te remercier pour ces jours si merveilleux. Je ne me souvenais plus que je pouvais être heureuse.

– Carole...

Christophe rougit légèrement.

– C'est... cela va te paraître bien rapide ce que je vais te dire... mais, je t'aime, Carole. Il y a quelque chose de fantastique qui se passe entre nous deux. Tu me crois ?

– Mm...

Carole hocha la tête, un sourire lumineux transformant son visage.

Elle s'appuya contre lui. Ses longs cheveux blonds, agités par une petite brise chatouillaient le nez de Christophe qui les écarta doucement.

Il lui enserra le cou délicatement de ses grandes mains.

Carole ferma les yeux.

Elle n'osait lui dire son amour. C'était trop tôt, trop fragile encore... Son corps, offert à tant d'autres, l'avait déjà tellement trahi, qu'elle en avait peur maintenant.

– Excusez-moi, Monsieur, dit une voix provenant du canal, mais si vous voulez avoir votre avion, il faut partir.

Le bateau-taxi se balançait sur de petites vagues.

Christophe soudain empoigna Carole et l'embrassa. Elle se raidit un court instant, puis se laissa faire, bientôt immergée de bonheur.

Il la lâcha enfin et sourit.

– Je voulais emporter ce cadeau d'adieu.

– Tu m'as eue par la force ! s'exclama-t-elle avec un sourire grimaçant.

– Tu m'en veux ?

– Bien sûr que non !

– C'est plus fort que moi, je t'aime trop !

Le taxi klaxonna

Christophe recula vers la berge ne pouvant détacher le regard de celle qui serait sa femme, il en était certain.

Il se heurta à un plot du quai, fit un écart et tomba en arrière, dans une grande gerbe d'eau qui fit danser le petit bateau.

Les cheveux collés sur le front, il surgit soudain de l'onde sombre, la bouche ouverte, hocquetant.

Le chauffeur se précipita pour l'aider. Carole était prise d'un tel fou-rire qu'elle était incapable de faire un geste.

Bientôt, sur le quai, une mare s'aggrandissant sous les pieds, Christophe s'ébroua comme un jeune chien.

Un petit sourire en coin, un peu penaud, il haussa les épaules.

Elle s'approcha de lui et l'embrassa tout en évitant de se mouiller.

– Je t'aime aussi, tu sais!... mais vivre avec toi ne doit pas être une sinécure !

– Et si on essayait ? demanda Christophe en s'essuyant la figure.

– On n'essayera pas... On réussira, répondit doucement Carole, et ce sera pour toujours.

– Bon, cette fois, il va vraiment le manquer son avion ! bougonna le chauffeur de taxi.

FIN

Achevé d'imprimer en France le 5 mars 1997
sur les presses d'IFC,
Route de la Charité, à Saint-Germain-du-Puy (Berry)
pour le compte des

Editions du Triomphe
7, rue Bayen - 75017 Paris
Tél. 01 40 54 06 91

chez le même éditeur

La blanche par Serge Dalens
(Prix du Jeune lecteur de l'enseignement public 1988)

et de nombreux autres romans et bandes dessinées
pour la jeunesse
dont la réédition de séries anciennes
Trilby, Bibliothèque de Suzette...
Fripounet, Thierry de Royaumont...

En vente principalement par correspondance